로크미디어가
유혹하는
재미있는 세상
ROK MEDIA
로크미디어

이것이 삶이다

이것이 법이다 127

2022년 1월 6일 초판 1쇄 인쇄
2022년 1월 11일 초판 1쇄 발행

지은이 자카예프
발행인 김정수 강준규

기획 이기헌 왕소현 박경무 강민구
책임편집 최전경
마케팅지원 배진경 임혜솔 송지유 이영선

발행처 (주)로크미디어
출판등록 2003년 3월 24일
주소 서울시 마포구 성암로 330 DMC첨단산업센터 318호
Tel (02)3273-5135 **편집** 070-7863-8592 **Fax** (02)3273-5134
홈페이지 rokmedia.com **E-mail** rokmedia@empas.com

값 8,000원

ISBN 979-11-354-8912-9 (127권)
ISBN 979-11-255-9575-5 04810 (세트)

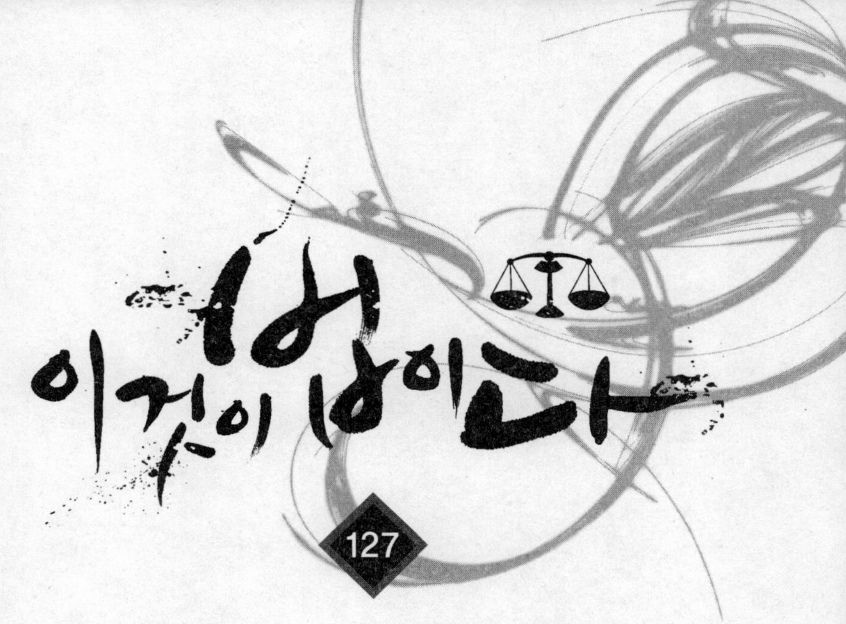

자카예프 장편소설

이 소설은 픽션입니다.
등장하는 인물 및 지명 등은 현실과 연관이 없습니다.
또한 소설 내에 나오는 법이나 법리 해석의 경우에도 대중문학의 극적 전개를 위하여 일부분 과장되거나 변형된 것이 존재하니 실제 법과 혼동하지 않으시길 바랍니다.

CONTENTS

정당한 지도자란

그 시각, 대한민국 정부는 난리가 났다.

아무리 사이가 안 좋고 한때 극단적 대립까지 갈 뻔했다지만, 국제적 상황을 보자면 일본은 누가 봐도 한국의 우방이다.

그런 우방에서 쿠데타가 발생했으니까.

"일본 상황은 생각보다 조용합니다. 자위대는 야베가 철저하게 통제하고 있고, 그에 대항할 만한 세력이 없습니다."

유민택은 손을 들어 피곤한 얼굴을 문지르며 마른세수를 했다.

"빨리 은퇴 좀 하고 싶군. 이렇게 피가 말라서야 어디 살겠나."

"이건 진짜 저도 생각하지 못한 부분입니다."

노형진 역시 피곤한 얼굴로 대꾸했다. 쿠데타라니.

"야베가 그런 인간이었을 줄은."

"일본은 그다지 국가의 정책에 반역하지 않는다고 하지 않았던가?"

그래서 아무도 쿠데타는 생각조차 하지 않았다.

애초에 그럴 가능성이 제로라 생각한 것이다.

노형진 역시 원래 역사에서 일본이 몰락해 가는 과정을 보기는 했으나, 끝까지 쿠데타가 벌어지지는 않았기에 예상도 못 했고 말이다.

"반기를 들지 않는 습성은 어디까지나 일본 국민들 기준이고요."

도리어 일본의 역사를 보면 쿠데타나 전쟁이 상당히 자주 일어났다.

"오히려 사회적 지도자 계급의 반란은 무척 자주 일어났습니다. 국민들의 경우는 소위 사무라이라는 작자들이 칼이 잘 드나 시험한다고 베어도 저항 못 할 정도로 찍소리도 못 했지만 윗선, 즉 지배자 계급은 전쟁을 안 한 시기가 거의 없다고 보시면 됩니다."

"으음……."

사실 일본의 일왕이 강력한 실권을 가진 시기는 거의 없었다.

역사상 가장 오래된 왕조라고들 하지만 그 대부분의 시기를 그저 허수아비로 살았다.

누군가 전쟁을 통해 권력을 잡으면 그가 허수아비인 일왕을 쥐고 흔드는 게 일본의 역사라고 보면 된다.

"하지만 이제는 그마저도 필요 없다는 거죠."

시대가 바뀌었고, 2차대전 이후에 일왕은 완전히 허수아비가 되었다.

물론 그 당시 일본은 1억 총옥쇄를 하겠다면서 어떻게 해서든 일왕을 지키려고 했지만, 그랬던 일본의 일왕 지지 세력은 이미 고혼이 된 지 오래고 남은 건 그걸 이용해 먹으려던 자들뿐이었다.

그 당시에 모조리 전범으로 모가지가 날아갔으니까.

"그래도 그렇지, 어떻게 이렇게 조용한 건지 모르겠군."

"별수 없습니다. 한국도 과거의 쿠데타 당시에는 저항 세력이 없다시피 하지 않았습니까?"

홍안수의 친위 쿠데타 때에는 국민들이 깨어 있기도 했고 이미 예상하고 준비한 덕분에 대응할 수 있었지만, 국민들이 배우지 못하고 깨어 있지 못한 과거에는 국민들의 저항은 거의 없었다.

"지도자가 바뀐다는 게 얼마나 중요한 일인지 모르니까요."

그런데 현재의 일본이 바로 그런 무지하고 무관심한 상태다.

한국 정치인들이 어떻게 해서든 정치 혐오를 만들어 내고 그걸 유지하려고 하는 것.

그 목적은 누가 정치를 해도 똑같다는 식으로 분위기를 몰아서 국민들이 정치에서 멀어지게 하는 것이다.

"그리고 일본은 거기에 성공했지요."

일본인들의 정치적 무관심은 아주 심각하다.

"일왕은 어차피 허수아비였고요."

그 결과가 일왕이 물러나는 형태가 된다고 해도, 대부분은 당장 본인들에게 딱히 바뀌는 게 없기 때문에 그다지 관심도 가지지 않는다.

"일단 무력적으로도 답이 없고요."

"이해가 안 가는군. 군대가 어떻게 정치인들에게 휘둘리는 건지. 정말 민주국가가 맞긴 한 건가?"

"자위대는 군대가 아닙니다. 공무원이지."

단순히 법적으로만 그런 게 아니라, 거기서 일하는 자위관들의 일반적인 마인드가 그렇다.

한국에서는 강제로 끌려가도 일단 군인이라 생각하지만, 일본에서는 지원해서 간다고 해도 자신이 공무원이라 생각하지 군인이라 생각하는 이들은 그다지 많지 않다.

그렇다 보니 정치적으로 위에서 내려오는 명령에 따르는 게 당연하다.

물론 그건 어느 나라 군대나 마찬가지지만, 공무원이라는 특성상 민간과 군이 구별되지 않기 때문에 정치인들의 헛소리에 매번 흔들릴 수밖에 없는 것이다.

군인이라면 엄중하게 중립을 지킬 수밖에 없겠지만 공무

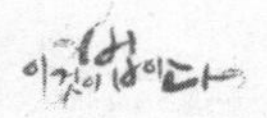

원, 즉 민간인이다 보니 위의 이권과 결합해서 움직이는 게 가능한 것이다.

"그러면 자네 생각에는 일본에서 자체적으로 쿠데타가 실패할 가능성은 없다고 보나?"

"현실적으로 없습니다."

일부 국민들이 들고일어날 수는 있겠지만 그들에게는 자위대에 저항할 수 있는 무기가 없다.

"야베는 이제부터 군국주의의 길을 가기 시작할 테고요. 그러니 전쟁을 준비해야 할 것 같습니다."

쿠데타가 발생한 시점에서 쿠데타 세력은 군부에 힘을 실어 줄 수밖에 없다.

지지 세력이라고는 군부밖에 없을 테니까.

그리고 그 군부의 명령에 따라 군인들은 더더욱 국민들을 탄압할 것이다.

"야베가 미쳤군. 이야기를 들어 보니 일본 총리는 아예 법적으로 계엄령을 선포할 권리조차 없다던데."

일본의 평화 헌법은 조금이라도 악용될 수 있는 소지가 있는 조항들을 모조리 쳐 냈다.

그중 하나가 바로 총리의 계엄 선포권이다.

당연히 현재 총리인 야베 역시 계엄을 선포할 권리가 없다.

"눈 가리고 아웅이지요."

계엄령이라는 말 대신에 비상사태라는 말로 바꿔서 결국

똑같은 짓을 하고 있는 야베.

“헌법을 정지시켰다는 것 자체가 국가 전복이 목적입니다. 아마도 일본을 멸망시키고 다른 나라를 세우는 게 야베의 목적일 것입니다.”

두 사람의 대화는 갈수록 심각해졌다.

그때 노형진의 핸드폰이 울렸다.

“잠시만…….”

노형진은 그걸 보고는 눈을 찌푸렸다.

낯선 전화번호였으니까.

“여보세요. 누구십니까?”

설마 이 상황에 장난 전화를 치는 사람은 아닐 거라 생각해서 일단 받고 보는 노형진.

그런데 수화기 너머에서 생각지도 못한 목소리가 흘러나왔다.

−노 변호사님, 저 신동하입니다.

“오! 신동하 씨! 어디 계십니까? 지금 일본이 난리가 났던데!”

−그렇잖아도 대피 중입니다. 친위 쿠데타가 발생한 이상 제가 첫 번째 표적이 될 가능성이 높아서요.

“잘 생각하셨습니다. 그런데 이 번호는……?”

−안전을 위해 몰래 만든 한국의 핸드폰입니다.

“한국의? 한국에 입국하신 겁니까?”

−그건 아닙니다. 사실은 저희가 쓰시마 북쪽에 있습니다. 이

곳은 한국이 가까워서 그런지 한국의 기지국이 잡히거든요.

"아, 기억납니다. 방송에서 한번 그런 이야기가 나왔지요."

그곳에서 한국 핸드폰이 터지는 것은 아주 큰 비밀은 아니다.

그로 인해 그 지역 주민들이 한국에 있는 것으로 기지국에서 인식해 버리는 경우가 있는데, 이때 데이터 로밍이 켜져 있어서 자동 로밍으로 전환되면 요금 폭탄을 맞아 버리기 때문이다.

그래서 아예 지역에서 데이터 로밍을 꺼 버리라고 홍보할 정도였다.

심지어 이런 사례는 상당히 많았다.

사용자가 통화를 하지 않는다고 해도, 스마트폰으로 톡을 하거나 자동으로 업데이트되는 경우가 많기 때문에 자신도 모르는 사이에 비싼 해외 데이터를 쓰는 셈이 되기 때문이다.

'아무리 야베라지만 지금 상황에서 그런 것까지 신경 쓰지는 못하겠지.'

설사 안다고 해도 야베가 그걸 막을 수는 없다.

그걸 막는 방법은 전파방해뿐인데, 그러면 그 주변은 완전히 먹통이 될 테니까.

–일단 숨어 있기는 한데 어디로 가야 할지 고민 중입니다. 여기서 바로 주일 미군 쪽으로 빠져야 할까요?

확실히 거리상으로 보면 그게 더 가깝기는 하다.

그런데 노형진은 문득 그의 말에서 이상하다는 느낌을 받았다.

"아…… 그런데 혹시, 좀 전에 '저희'라고 하셨나요?"

-그렇습니다.

"다른 사람도 있습니까?"

신동하가 누군가 다른 이도 데리고 있다면 분명 문제가 될 수 있다. 그 때문에 노형진은 상대방의 신분을 확인해야 했다.

그리고 이어지는 말에, 노형진은 머리가 터지는 것 같았다.

-천황가의 요히토 전하와 그 가족분들이 같이 계십니다.

말문이 막혀 잠시간 아무 말도 할 수가 없었다.

당장 일본은 일왕가에 대해 어떠한 발표도 하지 않고 있는 상황이었다. 그런데 이처럼 난데없는 곳에서 그들의 존재가 드러나다니?

"지금 같이 있다고요?"

-그렇습니다. 징후가 이상해서 제가 개인적으로 탈출할 수 있게 도와드렸습니다.

"끄응……."

일왕가는 명목상이라고 하지만 그래도 일본의 정당한 통치자다.

즉, 일왕을 잡지 못하면 일본의 쿠데타는 실패할 수도 있는 상황.

-일단 당장은 안전하지만, 이후에는 어떻게 될지 모르는 상황입니다. 그래서 안전을 위해 우선 주일 미군에 도움을

청할까 하는 생각도 있습니다만…….

"잠시만요. 생각 좀 해 보겠습니다."

확실히 안전을 위해서는 주일 미군으로 가는 게 좋다.

문제는 과연 주일 미군, 아니 미국이 어떠한 선택을 할 것이냐는 것.

―심각한 문제인가요?

"심각한 문제죠."

현실적으로 쿠데타라는 것은 전 정권을 부정하고 밀어내는 것이다.

그 말은, 전 정권의 관련자들에 대한 처벌이 이루어진다는 뜻이다.

"일본은 여전히 사형이 집행되는 나라입니다."

물론 한국에도 사형 제도가 있기는 하다.

하지만 한국은 선고만 하고 사형을 집행하지 않는 데 반해 일본은 사형을 실제로 집행한다.

"최악의 경우 미국이 일본에 붙으면 사형까지 당할 수 있습니다."

―하지만 설마…….

"설마가 아닙니다. 미국은 그다지 신의가 있는 나라가 아닙니다."

미국은 자국에 이익이 되지 않는다면 가차 없이 버리는 나라다.

당장 미국과 사이가 좋지 않던 과거 이라크의 대통령 후세인도, 처음에는 친미파였다.

"만일 야베가 미국에 도움이 된다고 생각하면 미국은 가차없이 일왕가를 버릴 겁니다."

사실 사람들이 모를 뿐, 미국은 일본의 전쟁 가능 국가 변경에 대해 어느 정도 찬성하는 나라다.

이미 일본의 자위대는 해외 파병을 하고 있는데, 만일 미국이 반대했다면 아무리 야베가 노력했어도 불가능한 일이었을 것이다.

미국은 중국과 러시아를 견제하기 위해 일본의 자위대를 군대로 바꾸고 무장시키는 것에 대해 동조하는 분위기가 강하다.

다만 그 피해자인 중국과 한국이 극도로 반대하기 때문에 적극적으로 뭘 하지는 못하는 것이 사실이다.

중국이야 사실상 적성국이니 신경 쓰지 않는다지만, 같은 동맹국인 한국은 일본이 무장하는 순간부터 사실상 일본을 적성국으로 분류하고 전쟁에 들어갈 대비를 할 게 뻔하기 때문이다.

실제로 일본이 전쟁 가능 국가를 만들어서 다른 나라를 침략하려고 한다면 필연적으로 그 첫 번째는 한국이 될 수밖에 없고, 그때는 한국과 일본의 군비경쟁이 벌어질 수밖에 없다.

'최악의 경우 한국과 일본이 핵무기 개발을 시작할 수도

있지.'

이미 한국과 일본은 핵무기를 만들 수 있는 시설과 재료를 가지고 있다.

다만 만들지 않을 뿐.

한국과 일본이 핵무장을 시작하면 중국과 러시아가 가만히 있을 리가 없고, 그때는 진짜 세계대전의 위험이 높아진다.

"미국이라면 실질적으로 야베를 편들어 줄 수도 있습니다. 쿠데타를 일으키면 정권을 인정받기 위해 많은 것을 양보해야 하니까요."

실제로 한국도 쿠데타가 일어나서 정권이 바뀔 때마다 미국에 어마어마한 정치적 양보를 해서 자신들의 자리를 인정받았다.

조선 시대로 치면, 중국에 사신을 보내서 왕이 되는 걸 허락받는 것 같다고 할까?

"야베 입장에서는, 그런 상황이라면 나중을 위해서라도 요히토를 처단할 수도 있습니다."

전 정권이 살아 있다는 그 사실만으로도 쿠데타 세력에는 위협이 된다.

더군다나 일왕가는 정신적으로 일본의 지주 역할을 해 왔다.

당장은 쓸모가 없다지만, 조금씩 그 본질이 드러나기 시작하면 나중에 문제가 생길 수도 있다.

–하지만 미국에 망명을 신청하면…….

"야베가 주는 것을 노리고 충분히 망명을 거부할 수도 있습니다."

그러지 않으면 좋겠지만, 현실적으로 누군가를 100% 믿는다는 건 불가능에 가깝다.

"역시 한국으로 오는 게 좋을 것 같군요."

-하지만 그게, 방법이 없어서요.

일왕가를 한국으로 데려오려면 안전한 방법을 고안해 내야 한다. 조금이라도 이상한 징후가 보이면 야베는 함대를 보낼 테니까.

-지금은 움직이지 않고 있어서 걸리지 않겠지만, 움직이는 순간 바로 발각될 겁니다.

그들이 있는 곳은 암석이 많은 암초 지대다.

그 덕분에 가만히 있으면 그들이 물 위의 암석 정도로 보이겠지만 움직이기 시작하면, 특히 한국으로 오기 시작하면 바로 걸릴 것이다.

"이 문제는 정부와 이야기를 해 보지요."

이건 혼자 해결할 수 있는 문제가 아니었기에 노형진은 쓴웃음을 지으며 말했다.

⚖

"뭐라고? 망명 신청?"

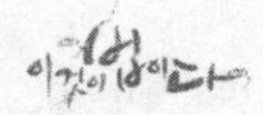

"그렇습니다."

박기훈은 노형진의 말에 정신이 아찔해졌다.

현 일왕가의 한국으로의 망명 신청. 이건 심각한 문제다.

"받아들이면 야베와 일전을 결하게 될 수도 있습니다."

"지난번에 데프콘으로 엿 먹인 게 이런 걸 대비한 거였나?"

"아니요. 아닙니다."

그때는 그저 데프콘 상황에서 전시 작전권이 미국으로 넘어가는 것을 이용해 어떻게 해서든 상황을 해결하기 위해 그런 것이다.

"그렇지만 어쩌다 보니 대응책이 되기는 하는군요."

야베가 전쟁 가능 국가를 만든다고 하면 그 대상은 필연적으로 한국일 수밖에 없다.

한국에 대한 증오심이 어마어마한 데다가, 중국이나 러시아는 핵을 가지고 있어서 무서운 나라다.

"망명을 받아 주는 건 심각한 문제일세."

대통령으로서 그에게는 전쟁을 피해야 하는 책무가 있다.

그런데 일왕가의 망명이라니.

"전쟁을 피하기 위해 그러는 겁니다."

"뭐라고?"

"전에도 보셔서 알겠지만, 데프콘 3이 발동되면 전시 작전권은 미국에 넘어갑니다. 현 상황에서 우리가 일본의 일왕가를 받아 주면 야베는 한국에 전쟁을 선포할 수도 있지요."

"설마?"

"지난번의 답습인 거지요."

그 사건 이후에 미국은 한국의 전시 작전권을 돌려주지 않았다.

아직 조항을 바꿀 시간이 없었던 것이다.

"일본이 선전포고를 하는 순간 한국은 데프콘 3 상태가 됩니다. 그리고 전시 작전권은 미국으로 넘어가며, 당연히 미국과 일본은 싸울 수 없게 됩니다. 야베 입장에서는 그걸 그냥 받아들일 수는 없습니다."

그걸 피하는 방법은 단 하나, 한국과 전쟁하지 않는 것뿐이다.

"저들은 전쟁을 못 합니다. 차라리 우리가 약점을 잡고 휘두르는 게 나을 수도 있습니다."

"약점이라……."

"만일 야베의 쿠데타가 실패하면 어떤 상황이 벌어지겠습니까?"

당연히 극우 세력은 축출되기 시작할 테고 그 세력을 지원해 주던 자들은 반역 혐의로 죄다 잡혀갈 것이다.

"일왕 일가를 데리고 있다는 것은, 그런 상황에서 영향력을 확보할 수 있다는 말입니다."

"……."

"각하께서는 한국에 일본 사채업자들이 진출하게 된 이유를 아십니까?"

"그건 잘 모르네."

"보호의 문제 때문입니다."

전임 대통령 중 한 명이 독재자의 암살을 피해서 일본으로 도피한 적이 있었다.

그 당시의 한국은 독재국가였고, 그는 그런 독재국가에서 가장 죽이고 싶어 하는 정치인 중 한 명이었다.

"그는 일본으로 넘어가서 야쿠자에게 보호를 받았지요."

그리고 그가 한국에서 대통령이 된 후에, 그 야쿠자들에게 은혜를 갚는다고 나라를 팔아넘긴 것이다.

그로 인해 한국의 수많은 사람들이 사채로 고통받았다.

"하물며 일왕이라면 더더욱 뭔가를 챙길 수 있을 테고요."

"설마?"

"일왕이 실권을 잡을 수 있도록 헌법을 고칠 수도 있겠지요."

"……!"

야베는 오로지 전쟁이 가능한 나라를 만드는 게 목적이었고 그걸 위해 그동안 많은 노력을 해 왔다.

"반대로 평화 헌법을 강화할 수도 있겠지요."

아예 일본 내부의 극우 세력을 깡그리 말려 버릴 수도 있다.

"하지만 전쟁이……."

"일본은 전쟁 절대 못 합니다."

일본에는 장거리 미사일이 없다.

그래서 한국의 일부 도시를 공격할 수는 있을지언정 전역을 공격할 수는 없다.

당연히 한국 상륙은 불가능하다.

"그에 반해 우리는 언제든 전역을 타격할 수 있지요."

주요 발전소 같은 곳들을 날려 버리면 일본은 말 그대로 석기시대 수준으로 떨어질 수밖에 없는 상황.

전력 면에서는 확실히 일본군의 숫자가 적지 않다.

하지만 일본은 평화 헌법 때문에 전적으로 방어에 특화된 전략과 전술을 가지고 있다.

애초에 그들은 공무원이다 보니 일반 군인에 비해 전투력도 떨어진다.

"천황이 복귀한 후에 개헌을 통해 다시 권력을 잡을 수 있다면……."

쿠데타가 벌어졌고 그로 인해 피가 흘렀다.

아무리 변화가 없는 나라라도, 끝까지 그 상태를 유지할 수는 없다.

변하지 않는다는 것은 죽음 그 자체를 의미하니까.

그렇게 된다면 한국에 막대한 이득이 돌아올 것이다.

"설사 실패한다고 해도, 우리가 그들을 상대할 강력한 카드를 가지고 있다는 점은 바뀌지 않습니다."

신동하에게는 미안하지만 요히토와 그 가족은 끈 떨어진 연 신세가 되었다.

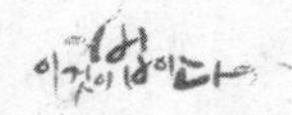

미국으로 보내면 그들을 이용해서 미국이 이권을 챙길 수도 있다.

이를 다시 말하면, 한국 역시 그들을 이용해 이권을 챙길 수 있다는 뜻이다.

"그러니 우리가 데리고 있자?"

"그렇습니다."

"흠……."

박기훈은 고민하는 눈치였다.

하긴, 이런 일이 일어날 거라고는 누구도 생각하지 못했으니까.

"그들은 현재 요트를 타고 있습니다."

그리고 그들이 타고 있는 요트는 모터 세 개짜리의 고속 요트다.

일반적으로 요트는 모터가 두 개다. 한 개가 고장 나도 천천히나마 운행할 수 있기 때문이다.

세 개짜리는 그리 많지 않다.

그만큼 비싸지만, 그만큼 또 빠르다. 아마도 신동하가 만일에 대비해서 준비해 놓은 물건일 것이다.

"아마도 신동하는 그걸 탈출용으로 쓸 생각일 겁니다."

어지간한 배로는 따라오지 못할 테니, 멀리는 가지 못해도 빠르게 갈 수는 있다.

"하지만 그게 한국까지 도착한다는 건 전혀 다른 문제이지요."

요트가 빨라 봐야 비행기보다 빠르지는 않다.

헬기만 떠도 요트는 격침될 수밖에 없다.

"이쪽으로 오기 위해서는 도움이 필요하겠군."

"네. 한국에서 함대를 보내면 이야기는 달라지지요."

한국과 일본의 영해. 그 거리는 짧다.

특히 대마도는 그 거리가 유독 짧다.

"만일 그 배가 충분히 속도를 내서 절반만 올 수 있다면 우리가 그들을 경호할 수 있게 됩니다."

만일 그들끼리 한국으로 오게 된다면 일본 해상자위대나 항공자위대는 무리해서라도 한국의 영해를 침범해서 격추할 수도 있다.

물론 그건 국제법상 문제가 되겠지만, 일본의 일왕가가 살아남는 것보다는 훨씬 나을 것이다.

"하지만 한국 함대가 같이 있다면 이야기가 달라지지요."

한국의 경호 대상을 공격한다는 것. 그것은 한국군에 대한 선전포고나 마찬가지다.

아무리 야베가 정신이 없다고 해도 쿠데타 이후의 혼란기에 한국에 선전포고를 할 정도는 아닐 것이다.

"으음……."

박기훈은 한참을 고민했다.

원래 이런 건 많은 사람들의 의견을 들어야 한다.

그리고 그 의견을 듣자면…….

"대부분은 반대할 걸세."

친일파 여부를 떠나서, 이 경우 명백하게 일본의 내정에 간섭할 수밖에 없는 상황이 되어 버린다.

"압니다."

"그런 정치적 부담을 가지고도 우리가 해야 한다고 생각하나?"

"한국과 일본은 언제나 미래를 위해 나아가야 한다고 말합니다. 그러나 늘 과거에 매여 있지요."

이건 한국의 잘못이 아니다.

일본의 정치인들이 여전히 과거에 매달려 있기 때문이다.

"이번에 제대로 할 수 있다면 상황은 바뀔 것입니다."

일왕으로서는 그런 극우 주의자들의 힘을 빼야 한다.

그러기 위해서는 그들이 주장하고 부정하던 모든 것을 공격해야 한다.

"일본의 극우 세력은 한국에서 벌인 모든 범죄를 부정하고 사과를 거부했지요."

하지만 일왕이 그걸 인정해 버리면?

그리고 그 책임을 그들에게 묻는다면?

"확실히 한일 관계가 좀 더 나아지기는 하겠군."

"현실적으로 우리는 중국과 싸워야 합니다. 군사적으로든 경제적으로든 말이지요."

그리고 한국과 일본이 개별적으로 거대한 중국과 싸우는 건 불가능하다.

"건설적인 관계를 위해서는 어느 정도의 도박은 해 볼 만합니다. 실패한다고 해서 우리가 손해 볼 도박은 아니니까요."

"손해가 없다고?"

"어차피 일본과 한국의 관계 경색은 돌이킬 수 없게 되지 않겠습니까?"

박기훈은 아차 싶었다.

현 상황에 대해 생각해 보면 그건 당연하다.

"적을 만들어야 하니까."

내부의 불만을 잠재우기 위해서는 외부에 적이 있어야 한다.

그래서 일본은 한국을 극도로 혐오하면서 공격하는 것이다. 중국과 러시아는 무섭고, 주변의 다른 나라는 게임 자체가 안 되니까.

"야베가 권력을 잡는다고 해서 쿠데타에 대한 불만이 사라지지는 않을 겁니다."

그리고 야베는 지금까지 한국을 공격하면서 그 불만을 해소해 왔다.

"당연히 우리를 공격하겠지요."

너무나 당연한 결말.

그것도 지금처럼 어중간한 공격이 아니라, 사실상 단교하고 전쟁을 불사하는 형태가 될 것이다.

"만일 일본에서 권력 승계가 아니라 개국하는 형태가 된다면 더더욱 그럴 테고요."

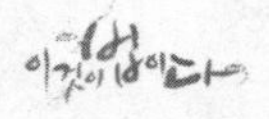

"으음……."

어느 쪽이든 야베가 한국을 공격할 수밖에 없는 상황이라면 답은 나온다.

"우리가 먼저 무기를 하나쯤은 쥐고 있어야겠군."

"맞습니다."

그리고 그 무기가 될 존재가 한국으로 오기를 원하고 있다면…….

"자네 말대로 답은 나온 것 같군."

박기훈은 진지한 표정으로 말했다.

한국의 2함대 중 일부 병력이 일본의 대마도로 이동했다.

갑작스러운 해군의 이동에 일본은 거칠게 항의했다.

하지만 한국은 '안전을 위해서'라고 말하고는 무시했다.

사실 쿠데타가 일어난 나라의 함대가 제대로 돌아간다고 볼 수는 없으니 만일의 경우에 대비하는 게 잘못된 일은 아니기 때문에, 양측의 대화는 그걸로 끝이었다.

그러나 진실된 다른 목적을 가진 2함대는 노형진의 말에 따라 최대한 대마도에 가까운 한국 해역에 정박했다.

"여기로 올까요?"

"올 겁니다. 이쪽에 일본군 함대가 있나요?"

"일부가 있습니다. 호위대군까지는 아니지만 경비정 정도는 상시 배치되어 있지요."

"호위대군이 여기까지 올 수 있습니까?"

노형진의 질문에 함장은 고개를 흔들었다.

"힘들 겁니다. 아무리 빨리 와도 제시간에는 도착하지 못할 겁니다."

이 지역을 담당하는 부대는 제2 호위대군이다.

그들은 충분한 실력을 가지고 있으며 일본에서도 최정예로 통한다.

"하지만 거리가 너무 멀어요."

더군다나 그 배에 누가 타고 있는지 알 수가 없다.

쿠데타 이후에 만일을 대비해서 일본을 빠져나가려고 하는 사람들이 없는 것도 아니니까.

'다행히 일본에서는 요히토가 그 요트에 타고 있다는 걸 모르는 모양이야.'

설마 한국의 통신국을 이용할 줄은 몰랐을 테니까.

"아무리 빨리 온다고 해도 기껏해야 고속정 정도일 겁니다."

"그러면 일단 이쪽으로 오라고 해야겠네요."

노형진은 바로 핸드폰을 들어서 전화를 걸었다.

안전을 위해 지금까지 단 한 번도 하지 않은 통화였다.

–미스터 노?

전화기 너머에서 들리는 신동하의 목소리.

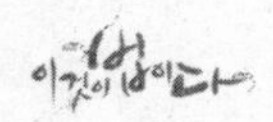

"현재 정해진 위치에서 대기 중입니다. 전속력으로 달려오세요. 제2 호위대군은 멀리 있을 테지만, 주변에 고속정이 있을 가능성이 큽니다."

-알겠습니다.

짧은 통화였다.

그러나 신동하는 바로 알아듣고는 전속력으로 요트를 움직였다.

신동하가 산 요트는 돛이 없는 형태였다.

돛이 있다면 기름을 아낄 수 있겠지만, 반대로 빠르게 움직이는 데 방해가 되기 때문이다.

그렇게 암초 지대에서 튀어나온 요트는 얼마 지나지 않아서 한국 함대에 포착되었다.

"작은 배가 한 척 오고 있습니다."

"그래? 제대로 오는 모양이군."

그렇게 안심하려고 하는 찰나, 레이더병이 좋지 않은 소식을 흘렸다.

"다가오는 선박에 한 척의 배가 붙었습니다. 속도로 보아 하야부사급으로 보입니다."

"하야부사? 고작 여섯 대밖에 없는 그놈이 여기서 왜 튀어나와?"

하야부사는 일본의 고속정이다.

함대전에 어울리는 배는 아니지만, 추격과 격멸에 특화된

배다.

미사일 고속정이라 비상시에는 미사일 발사도 가능하다.

"아무래도 한국으로 넘어가는 자들을 막기 위해 배치된 것 같습니다."

함장은 눈을 찌푸렸다. 그리고 레이더 쪽으로 다가갔다.

"아무래도 속도에서 밀리겠군."

아무리 엔진을 세 개를 달았다고 해도 군함에 비할 바는 아니다.

더군다나 애초에 하야부사급 고속정은 북한의 함정으로 추정되는 괴선박을 놓치고 나서 일본이 고속 선박 추적용으로 만든 놈이기에 속도 자체가 워낙 빨랐다.

"아슬아슬하겠군."

점점 가까워지는 두 개의 점.

그 점을 보면서 노형진도 침을 꿀꺽 삼켰다.

"지금까지는 신동하가 운이 좋았군요."

그의 요트는 암석이 많은 지대에 가만히 서서 움직이지 않았다.

그 때문에 레이더에는 암석으로 보여서 지금까지 걸리지 않았던 것이다.

하지만 저런 식이라면, 지금까지 한국으로 탈출하려던 여러 척의 배들이 사로잡혔을 것이다.

"응?"

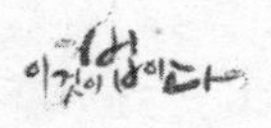

노형진은 그 이야기를 하다가 이상하다는 생각이 들었다.

"그러고 보니 쿠데타 이후에 한국인들이 입국한 적이 있나요?"

"일단 공항이 폐쇄되어서 나오지는 못하는 상황으로 알고 있습니다."

"그러면 한국으로 넘어오려는 한국인들이 배를 이용할 가능성은요?"

잠깐 침묵을 지키던 함장은 눈을 찌푸렸다.

배도 비행기도 완전히 막혀 버렸다.

그런 상황이라면 누군가는 개인적으로 배를 통해 탈출하려 했을 가능성도 있다.

일단 쿠데타가 벌어진 나라니까.

"그런데 그런 보고는 없었던 것 같군요."

"그렇다면, 그런 배들을 잡는 게 저들의 목적이 아닐지도 모르겠네요."

노형진의 말에 함장은 고개를 끄덕거렸다.

"그럴 가능성도 분명 존재합니다만, 일단 나중에 알아봐야겠네요."

점점 가까워지는 두 개의 점. 그리고 넓은 바다에서 울리는 작은 소리.

펑펑하는 소리가 울려 퍼지기 시작하자 노형진은 침을 꿀꺽 삼켰다.

"포를 쏴 대기 시작하나 보네요."

"하야부사급에는 76mm 포가 설치되어 있으니까요."

"아무리 그래도 그렇지, 민간 함선인데?"

"우리를 발견해서 그럴 겁니다."

만일 한국 함대를 발견하지 못했다면 저토록 다급하게 쏘지는 않았을 것이다.

하지만 한국 함대를 발견하고 요트가 그쪽으로 내달리기 시작하자, 마음이 급해져서 경고사격을 한 게 분명했다.

"우리가 어떻게 할 수는 없는 겁니까?"

"저곳은 일본 영해입니다. 우리가 공격하면 국제분쟁이 발생합니다. 아무리 일본이 현재 쿠데타 상황이라고 해도, 그럴 수는 없습니다."

"큭."

노형진은 입술을 깨물며 어쩔 수 없이 기다렸다.

그사이에도 점점 배는 가까워지고 있었다.

그리고 드디어 망원경으로 보이는 지점까지 왔다.

–고속정으로 보이는 선박이 민간 선박을 향해 조준 사격하고 있습니다.

견시수의 보고에 노형진은 입술을 깨물었다.

망원경으로 보인다고 해서 거기가 한국의 바다인 것은 아니다.

지금 한국 함대는 영해의 끝에 있기 때문이다.

"제발…… 제발……."

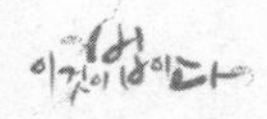

한국으로 가는 걸 막기 위해 일본의 고속정은 아예 작정한 것처럼 조준 사격을 퍼부어 댔고, 신동하의 배는 사방으로 기동하면서 그걸 피하기 위해 몸부림치고 있었다.

"망할 놈들! 민간인 선박을……!"

"쿠데타 상황에서는 민간인도 적이라는 거지요."

함장도, 말은 차분하게 하고 있었지만 주먹을 꽉 쥐고 있었다.

"전 주파수로 접근 금지 방송을 시작하도록."

"네?"

노형진은 깜짝 놀랐다.

자신들은 저들을 구하기 위해 온 것이다. 그런데 접근 금지 방송이라니?

그런 노형진의 표정에 함장은 다행히 빠르게 설명해 줬다.

"핑계입니다."

"핑계?"

"우리 영역에서 구조했다고 해 버리면 일본과 척지게 됩니다. 미래는 알 수가 없으니까요. 하지만 접근 금지 명령을 내렸는데도 영해를 침범한 배라면 이야기가 달라지지요."

"아!"

그때는 한국군이 나포해서 데리고 갈 수 있다.

'수사를 위해서' 말이다.

아 다르고 어 다른 게 법이니까.

"그리고 저 추적 중인 고속정에 하는 말이기도 합니다."

바다에는 눈에 보이는 경계선 같은 게 없다.

추적하다 보면 선을 넘을 수도 있다.

"하지만 경계 방송을 하기 시작하면 이야기가 달라지지요."

선을 넘기에는 부담스러울 수밖에 없다.

심적인 부담은 당연히 행동으로 나타난다.

"고속정이 속도를 줄이기 시작했습니다."

"겁먹은 걸까요?"

"사고로라도 한국 영해를 침범하고 싶지는 않은 것일 테지요."

고속으로 내달리다 보면 침범할 수도 있으니까.

하지만 여전히 일본의 고속정은 함포사격을 하고 있었다.

함포는 사거리가 충분했으니까.

더군다나 속도를 줄이는 바람에 명중률이 높아져서 요트의 바로 옆에서 물보라가 튀기 시작했다.

"저…… 저……."

노형진은 입술을 깨물었다.

하지만 할 수 있는 게 없다.

그저 창문에 붙어서 망원경으로, 필사적으로 달려오는 요트를 바라보는 수밖에.

"다음번에는 맞을 것 같은데."

누군가의 말에 노형진의 심장이 덜컥 내려앉았다.

아무리 빠른 배라고 해도 컴퓨터가 운동성까지 계측해서

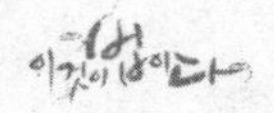

조준하는 포를 피하는 것은 쉽지 않다.

그 순간 기적 같은 일이 벌어졌다.

"일본 고속정 포탄, 한국 영해에 착수!"

아슬아슬하게 선을 넘어서 영해에 착수한 일본의 포탄.

그걸 본 함장은 바로 반격을 명령했다.

"일본군 선박에 경고사격!"

대놓고 쏜 것은 아니지만, 어찌 되었건 한국 영토를 향해 발사한 포탄이다.

이런 경우 국제법상에서 경고사격은 한국의 권리다.

펑!

단 한 발의 탄환이 날아가 일본의 고속정 바로 옆에서 어마어마한 물보라를 피웠다.

그리고 그 순간, 아슬아슬하게 고속정의 포구에서 포탄이 터져 나왔다.

그렇게 터져 나온 포탄은 막 한국 영해로 넘어온 요트의 바로 옆에서 터져 나가며 요트를 바닷물로 흠뻑 적셨다.

"아슬아슬했다!"

만일 포탄이 발사되는 순간 경고사격이 고속정을 흔들지 않았다면 아마도 직격으로 요트가 날아갔을 것이다.

그리고 그 경고사격이 먹힌 건지, 일본의 고속정은 그대로 멈췄다.

사격도 멈췄다.

한국 영해로 들어간 이상 사격을 계속할 수는 없으니까.

그러나 그 대신에 무전기가 시끄러워졌다.

“뭐라고 하나?”

함장이 통신 사관에게 묻자, 일본어를 할 줄 아는 통신 사관은 바로 그들의 말을 통역해 줬다.

“해당 선박에는 일본의 범죄자가 타고 있으니 바로 넘겨 달랍니다.”

“한국 영해에 들어왔으니 우리 소관이라고 해. 우리가 지금부터 나포한다고. 그리고 범죄자의 신분을 알려 달라고 해. 정식 기소 후에, 일본 정부에서 범죄인인도 조약에 따라 요구하면 보내 준다고.”

“알겠습니다.”

몇 마디 말을 하는 통신 사관.

그는 통신이 끝나자 피식하고 웃었다.

“아무런 말도 못 하는데요?”

“그러겠지요.”

저들은 저 배에 누가 타고 있는지 모른다.

그저 보이니까 나포하려고 한 것뿐.

“선박이 접근 중입니다.”

다행히 고속정은 아무런 말도 못 하고 돌아갔고, 신동하의 배는 천천히 한국의 함선으로 접근했다.

“나가도록 하지요.”

함교에서 나가 갑판으로 가는 노형진.

거기에서는 이미 승선이 이루어지고 있었다.

제일 먼저 얼굴이 시퍼렇게 질린 신동하가 올라왔고, 그 후에 여성용 정장을 입은 여자가 한 명, 마지막으로 요히토와 그 가족들이 천천히 올라왔다.

"신동하 씨."

"미친……. 죽는 줄 알았습니다. 저희한테 포를 쏠 줄이야."

"고생했습니다."

노형진은 신동하에게 다가가서 그를 꽉 안아 줬다.

그리고 당혹스러운 표정의 요히토에게 다가갔다.

그의 표정은 이루 말할 수 없이 참담했다.

하긴, 해상자위대가 자신에게 포를 쏠 거라고는 생각도 못 했을 테니까.

설사 자신의 존재를 몰랐다고 해도, 민간인 선박에 대고 포를 쏴 댈 거라 생각하기는 힘들었다.

"어서 오십시오, 요히토 전하."

노형진은 그에게 악수를 청하며 미소를 지었다.

"한국에 오신 것을 환영합니다."

권력은 괴물을 키운다

신동하와 요히토는 안전을 위해 은밀한 거처로 이동했다.

"일본 상황은 어떻습니까?"

그들을 안전한 곳으로 보내고 나서 노형진은 다시 서울로 돌아왔다.

유민택은 진지하고도 심각한 얼굴로 말을 꺼냈다.

"야베는 개국하려는 것 같네. 그가 하는 방향이 모두 그쪽으로 쏠려 있어."

"일왕가의 다른 사람들은요?"

"모두 실종 상태네. 현 일왕뿐만 아니라 다른 사람들도 모두."

일본의 헌법상, 일본의 지도자는 일왕가다.

그런데 그런 그들이 사라졌다?

"아마도 새로운 나라의 첫 희생양이 되겠지."

노형진은 입술을 깨물었다.

'도대체 어쩌다가? 내가 일본을 너무 몰아붙인 건가?'

원래 역사에서는 이런 쿠데타가 없었다.

그렇다고 역사에서 야베의 범죄가 없었던 것은 아니다.

하지만 그때는 야베가 쿠데타까지 일으키지는 않았는데, 이번에는 쿠데타를 일으킨 것이다.

'역시, 갑자기 권력을 상실할 위기였다는 건가?'

확실히 원역사에서는 야베가 여유가 있어서 범죄를 은닉할 수도 있었고 권력을 잃어버리지도 않았다.

하지만 이번에는 감출 시간도 없고, 전과 다르게 정권이 바뀌기 때문에 처벌도 피할 수가 없다는 것.

'아무리 그래도 그렇지.'

쿠데타라는 극단적인 방법을 쓸 줄은 노형진도 예상하지 못했다.

어쨌든 일단 일왕가를 한국에서 데리고 있다는 부분은 확실히 이점이었다.

아니, 그렇게 생각했다.

하지만 사공이 많으면 배가 산으로 가는 법.

"당장이라도 요히토와 그 가족을 일본에 돌려주고 사과를 해야 합니다!"

"우리는 일본과 싸울 수 없어요! 그들을 미국으로 보냅시다!"

"우리가 패를 쥐고 있는데 왜 약한 모습을 보여야 합니까!"
"일단은 일본과 대화하는 게 우선입니다."
"사실상 일본은 끝났어요! 아베와 손잡아야 합니다!"
온갖 말이 나오는 이곳.
이곳은 바로 청와대다.
노형진은 공식적으로 청와대에 조언해 주는 역할로 등록되어 있다.
정치를 하는 것은 정치인이지만 그걸 분석해 주는 것은 전문가들이기에, 많은 사람들이 자신들의 전공을 이용해서 설득하고 설명한다.
문제는 애매한 부분이 있을 때다.
현실적으로 정치와 경제는 전문가가 있으나 확정된 것은 없다.
그 두 개는 너무나 복잡하고 미묘하며 집단과 개인의 감성 모두를 다 감안해야 하기 때문이다.
'차라리 그냥 작은 거라면 모르지만…….'
실제로 현실은 많은 자칭 전문가들이 예측한 미래에서 빗나갔다.
인간의 감성은 변하며, 정치 역시 인간의 감성적 영역이기 때문이다.
'언제까지 저럴 건지.'
그런 상황에서 언성을 높이며 싸우는 사람들.

그들은 자기 말이 맞다면서 삿대질을 하고 있었다.

"지금 고작 지잡대 출신이 어디다 대고 전문가처럼 굴어?"

"뭐? 지잡대? 대가리에 피도 안 마른 새끼가!"

결국 충돌해 버리는 두 사람.

한 사람은 지방에서 20년째 정치학 교수를 하는 사람이고, 한 사람은 서울에서 4년째 정치학 교수를 하고 있다.

"그만!"

보다 못한 박기훈은 소리를 버럭 지른 뒤 그 둘을 보며 말했다.

"두 분 다 나가서 머리 좀 식히고 오세요."

경호원이 그들을 데리고 나가자 좌중에 침묵이 흘렀다.

"내가 싸우라고 했습니까? 조언해 달라고 했지."

조언해 주는 것은 여기에 있는 사람들의 역할이지만, 그걸 취합하고 결정을 내리는 것은 대통령인 박기훈의 역할이다.

"여러분들끼리 싸워서 이기면? 내가 승자의 말에 얌전히 따라 줄 것 같습니까?"

"……."

좌중에 흐르는 침묵.

"뭐, 그래도 대통령에게 조언하는 자리도 권력이라고 생각하는 모양인데, 그런 생각으로 할 거면 나가세요. 지금 도대체 뭣들 하는 겁니까?"

지금 상황.

즉, 일본의 쿠데타 세력에 대한 문제를 해결하자는데 별의 별 말이 다 나온다.

새로운 일본과 손잡아야 한다, 쿠데타 세력을 밀어내야 한다, 미국의 결정에 따라야 한다 등등.

"그런데 각자 근거는 있는 주장입니까?"

"……."

근거는 없다.

그들 입장에서는 정치학적이라는 말로 퉁 치면 그만이다.

"그런데 그 정치학적인 근거로 한 나라의 이런 대사를 해결하자는 게 말이나 됩니까? 안 되겠습니다. 다들 각서 쓰세요."

"가…… 각서요?"

"네. 만일 여기서 조언한 일이 그대로 진행되지 않는 경우 모든 금전적, 사회적 책임을 진다는."

고개를 푹 숙이는 사람들.

그렇다. 아무리 좋게 말한다고 해도 결국 조언은 조언일 뿐이다.

"절대 사회적으로 책임지지는 않으실 거 아닙니까?"

그러니까 저마다 각자의 입장에서 쉽게 나불거리는 거다.

"노 변호사, 당신은 또 왜 말을 안 합니까?"

조언하라고 불러 놨는데 어째서인지 노형진은 침묵을 지키고 있었다.

"각하, 이 사람은 법률 전문가입니다. 국제사회에 대해서는 쥐뿔도…….”

"각서!"

누군가가 견제하려고 나섰다가 움찔했다.

그리고 박기훈의 차가운 시선을 받으면서 고개를 숙였다.

"저는 각서 안 썼습니다만."

"대신 책임지지 못할 말도 하지 않았지요. 한번 이야기해 봐요."

노형진은 일단 자세를 바로 했다.

그리고 조용히 말했다.

"사실 이 문제는 어느 정도 답이 나와 있는 겁니다."

"답이 나와 있다고……?"

모두의 시선이 노형진에게 쏠렸다.

"저는 정치학적인 부분을 감안하지 않고 말씀드리는 겁니다. 뭐, 정치적인 감정이야 다들 아실 테니까."

야베는 한국을 극도로 혐오한다.

가능했다면 한국에 핵폭탄이라도 떨궜을 인간이다.

"다들 아시겠지만, 현재 야베는 헌법을 정지시키고 새로운 헌법을 준비 중입니다. 사실상 개국할 분위기죠."

"으음……."

"여기서부터 하나씩 따져 보죠. 첫째, 야베는 한국을 싫어한다. 둘째, 개국하면 국민들을 단합시키기 위해 외부의 적이 필요하다. 그렇다면, 그 적은 누가 될까요?"

"우리겠지. 그건 상식 아닌가? 바로 그걸 해결하고자 모인 거고."

"맞습니다. 그러면 두 번째로 넘어가 보죠. 일본은 막대한 빚을 지고 있습니다. 그런데 야베가 새로 만드는 나라가 그 빚을 이어받을 가능성은?"

좌중에 침묵이 흘렀다.

다들 아차 싶었다. 그 부분은 감안하지 못했으니까.

"야베는 그걸 이어받을 수가 없습니다."

일본의 엔화는 국제통화다. 그건 일본이 안정적인 나라이기 때문에 가능한 거다.

"하지만 그 안전성은 깨졌지요."

그렇다면 국제통화로서의 가치가 어마어마하게 떨어질 수밖에 없다.

"현재 일본의 빚은 대부분 일본 국민들이 감당하고 있는 상황입니다. 그걸 굳이 갚을 이유가 없죠."

"……."

"더군다나 일본의 자산 중 상당수가 한국에 들어와 있습니다. 아시죠?"

노형진이 사들인 은행을 통해 한국에서 안전 자산으로 보호하고 있는 일본의 자산. 그걸 일본에서는 빼앗을 수가 없다.

'그리고 그게 야베를 자극한 것 같기도 하고.'

점점 일본의 자신이 한국으로 넘어오게 될 테니까.

"일단 국민의 빚은 그렇다고 쳐도, 여전히 해외의 빚이 남아 있지요."

대부분을 일본 국민들이 가지고 있다고 하나 여전히 해외에 있는 빚도 있다.

그 비율은 대략 30% 정도.

"그걸 갚지 않으면 어떻게 될까요?"

중국은 건국되고 나서 전 세계로부터 경제적 보복을 당한다.

왜냐? 청나라가 진 막대한 빚을 갚을 생각이 없었기 때문이다.

"다들 아실 테지만 홍콩 반환 때도 이야기가 많았습니다."

중국이 청나라를 계승하지 않겠다고 못 박았고, 청나라는 사라졌다.

그런데 홍콩은 청나라가 영국과의 계약에 따라 빌려준 조차지였다.

"그런 경우 국제법상 그 땅은 중국 땅이 아니라 영국 땅이 되는 거죠."

하지만 영국은 반환했다.

중국이 요구하는 것도 있었지만, 돌려주지 않으면 중국이 전쟁까지도 불사했을 테니까.

"나중에는 모르지만, 현재는 일본도 빚을 이어받지는 않을 겁니다. 그러면 해외에서의 빚 문제를 해결할 뭔가가 있어야지요. 제 생각에, 그건 전쟁입니다."

"전쟁?"

"전쟁이라고?"

모두가 침을 꿀꺽 삼켰다.

"정확하게는 뻥카일 가능성이 높습니다만, 일단 전쟁을 일으키면 각 나라의 시선은 그곳으로 쏠리게 됩니다. 애초에 아베가 원하는 게 전쟁 가능한 침략 국가가 되는 것 아니었습니까?"

그건 다들 알기 때문에 고개를 끄덕거렸다.

"그러니까 자네는, 전쟁을 일으킴으로써 미국과 다른 나라에서 국제적인 인정을 받기 위한 시도를 할 가능성이 크다 이거군? 우리가 군사적 블러핑을 통해 그들을 몰아냈듯이."

"그렇습니다. 그리고 그 대상이 중국이나 러시아가 되지는 않을 겁니다."

새로운 국가라면, 다른 나라와 보호조약을 맺은 상황이 아닐 테니까.

"결과적으로 한국을 위협하며 쑥대밭을 만들겠다고 하면서 미국에 자신들과 손을 잡자고 제안하는 형태를 취하겠지요. 그러면 전쟁도 하지 않겠다고."

"그거…… 어디서 많이 본 것 같은데."

"북한에서 자주 쓰는 방법입니다."

말로는 서울 불바다 어쩌고 하지만 현실적으로는 그러지

못한다.

"그리고 다들 이 부분을 감안하지 못하시는 것 같은데……."

싸우는 사람들의 말을 조용히 들으면서 생각했던 바를 노형진은 차분하게 말했다.

"뭘 말인가?"

"새로운 국가가 만들어진다면 과연 영토의 영역은 어디까지인가."

"그거야 일본 땅이겠지."

"그거야 상관없지요. 그런데 저들이 자기 땅이라고 주장하는 곳이 한 곳 더 있지 않습니까?"

"독도!"

좌중은 찬물을 뒤집어쓴 것처럼 얼어붙었다.

독도. 한국의 영토이지만, 일본이 수십 년째 내놓으라고 깽판 치는 섬.

"그 섬을 일본이 공식적으로 영토에 넣는다면, 어떻게 되겠습니까?"

"그렇군. 그럴 가능성이 높군."

지금까지 일본에서 독도를 자기들의 땅이라고 요구하는 것은 일종의 땡깡에 가까웠다.

법에는 근거가 없으니까.

하지만 이제는 법을 새로 만드는 상황.

"당연히 빼앗긴 영토 수복을 핑계로 함대를 전진 배치하겠지요."

"……."

"일본과 친하게 지내면 좋지요. 사실 일왕가에서 뭐라고 하든 우리 이권이 중요하다면 그들의 말을 따를 이유야 없습니다만, 현실적으로 일본은 한국에 한 푼의 이권도 주지 않으려고 할 겁니다."

독도 이야기까지 나오자 다들 입을 다물었다.

다른 문제는 다 넘어가도, 독도를 포기하자는 소리를 하는 순간 그때는 대통령도 탄핵을 피하지 못할 것이다.

"손뼉도 서로 부딪쳐야 소리가 나는 법입니다."

그러나 그러지 못한다면, 이쪽이 매달리는 꼴밖에 안 된다.

"그러면 자네는 어떻게 해야 한다고 생각하나?"

"이 정도 되면 답은 나와 있는 거 아닙니까?"

"답이 나와 있어?"

"일왕의 망명 허용 그리고 그를 중심으로 한 임시정부의 수립."

"임시정부……."

"같이 갈 수 없다면 혼란을 자극해야지요. 일본은 정치적으로는 야베가 다 먹었지만, 정신적으로는 일왕이 중심이었습니다. 애초에 헌법상으로도 일본의 주인은 야베가 아니라 일왕입니다."

다만 허수아비였을 뿐.

"하지만 그런다고 해서 뭐가 바뀐단 말입니까, 임시정부를 세운다고 해 봤자?"

노형진이 씩 웃었다.

"일제강점기 시절 한국의 임시정부는 중국 정부로부터 어느 정도 지원을 받았습니다. 왜냐? 중국과 일본은 적성국이었으니까요."

"그래서요?"

"일국의 대표로서, 군사동맹을 맺을 권한은 일왕에게 있습니다."

"설마, 진짜로 전쟁이라도 하자는 겁니까?"

"그건 아닙니다. 하지만 선택권을 주자는 거지요."

"선택권?"

"현재 상황에서, 다른 나라들이 선택할 수 있는 패는 야베뿐입니다."

그리고 야베가 전쟁을 하겠다고 뻥카를 날리며 승인을 요구하면, 국제적 분쟁을 피하기 위해서라도 승인해 주는 수밖에 없다.

한국이 아시아의 화약고라고 불리는 데에는 다 이유가 있다.

만일 여기서 전쟁이 터지면 3차대전으로 확산될 가능성이 너무 높다.

"그게 야베가 노리는 게 될 테고요. 하지만 한국에 일본의 임시정부가 생긴다면?"

"국제적으로 선택의 여지가 하나 더 생기는 거군."

임시정부를 만들고, 그들과 손잡고 일본을 되찾는다는 목표.

"정통성에서도 사회적인 인정성에서도, 모두 이쪽이 유리합니다."

심지어 이쪽은 정당한 임시정부이기 때문에 국가적인 빚이 사라지는 것도 아니다.

"야베가 도리어 코너에 몰리는 거군."

"맞습니다."

노형진은 고개를 끄덕거렸다.

"피할 수 없다면, 그걸 이용해 먹어야지요."

박기훈도 마주 고개를 끄덕거렸다.

⚖

한국의, 일본 임시정부 수립 승인.

전 세계로 퍼져 나간 뉴스였다.

한국 정부가 일본 일왕가의 한국 망명 임시정부를 승인했다. 그리고 일본에 대한 전쟁 준비에 들어갔다.

"이게 무슨……."

야베는 정신이 어찔해졌다.

"그놈이 왜 거기에 가 있어!"

요히토가 도망갔다는 사실은 알고 있었다.

그런데 어느새 뜬금없이, 한국까지 갔다고?

"도대체 검문검색을 어떻게 한 거야!"

"……."

"그 새끼를 잡았어야 할 거 아냐!"

"저희도 최선을 다했습니다만……."

하지만 자위대로는 한계가 명확했다.

일단 자위대는 숫자도 부족하고, 대부분이 공무원이다. 불심검문 같은 걸 그다지 해 본 적이 없다.

더군다나 단순 불심검문도 아니다.

당장 자위대 입장에서는 전국을 돌아다니면서 불순분자, 즉 문제가 될 만한 사람들을 잡아들여야 했다.

그런데 비상사태 선포 이후에 어차피 사람들이 바깥으로 나오지 않으니 대충 설렁설렁 한 것은 사실이다.

거기에다 요히토가 군복을 입고 있을 거라고는 생각도 못 했으니까.

"이러면 곤란해지는데."

계획대로라면 한국과의 전쟁까지 불사하겠다는 형태로 주변을 압박하여 국가로서의 인정을 받아 냈어야 했다.

그렇게 하면 다른 나라는 몰라도, 한국은 전쟁을 피하기 위해 승인할 거라 생각했다.

그렇게 해서 독도를 빼앗고, 그걸 이용해서 자국 내에서 인기를 올리고, 다시 그걸 기반으로 새로운 천황, 허수아비가 아닌 실질적인 황제로서 나서려고 했다.

"한국은 이미 전쟁 준비 중입니다. 함대와 미사일을 집결하고 있습니다."

공식적으로 한국에 망명하여 임시정부를 세운 요히토.

그리고 그 요히토를 진짜 일본의 국왕으로 인정한 한국 정부는 그와 새로운 조약을 맺고 전쟁 준비를 하고 있다.

"진짜 문제는 다른 나라야."

일이 이쯤 되면 다른 나라에서도 국가 인정을 받기 힘들어진다.

정당한 정부가 이미 한국에 있기 때문이다.

물론 임시정부라는 말처럼 쌩 까면 그만이지만, 한국이 그들 편에 서서 전쟁도 불사하겠다는 포지션을 취해 버리자 다들 눈치만 보고 있었다.

심지어 미국조차도 방관 태세.

미국만 승인하면 다른 나라는 그리 어렵지 않은 상황이기에 미국에만 매달렸는데 말이다.

"다행히 이번에는 전시 작전권이 미국으로 넘어가지는 않았습니다만."

아직까지는 한국이 데프콘 4를 유지하고 있고, 그 때문에 전시 작전권이 그들에게 간 건 아니었다.

하지만 군의 이동을 보고 있으면 불안할 수밖에 없다.

물론 전에도 군사적 뻥카를 써서 자신들을 엿 먹인 적이 있기에 그걸 믿는 건 아니지만, 어찌 되었건 그것만으로도 다른 나라들은 일본의 새로운 정부를 좋게 보기 힘들다.

"타이토는 뭐 하고 있어?"

"일단 감금 장소에서 잘 감시하고 있습니다."

"타이토를 끌어내, 그의 이름으로 요히토를 비방하도록."

"네?"

"이 상태로 가만둘 거야? 요히토가 정당한 계승자로 인정되게 할 수는 없어."

야베는 진지한 표정으로 말했다.

"타이토를 이용해서 요히토에게 부정적인 이미지를 씌운다."

물론 그게 될는지는 알 수 없지만 말이다.

"하는 데까지는 해 봐야지."

그는 몸을 돌려서 창밖을 내다보았다.

한때 천황국이라 불렸던 이곳.

이제는 자신의 거처가 된 이곳.

결코 이곳을 놓치고 싶지 않았다.

"타이토를 끌어내."

⚖

"어우야, 극단적으로 나오네."

노형진은 진지한 표정으로 말했다.

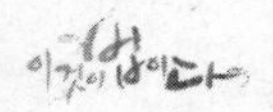

일본의 방송에서는 타이토 황태자가 자신의 형 요히토를 부정하는 발표를 하고 있었다.

—조국을 배신한 요히토는 이제 비국민입니다. 그는 자랑스러운 일본을 잊어버렸고, 또한 자신의 자랑스러운 일본의 혈통을 부정했습니다.

그렇게 시작된 연설은 다른 기자들의 질문도 받지 않고 타이토가 퇴장해 버리는 걸로 끝났다.

"왜 저러는 걸까?"

"뻔하지요. 살기는 해야 하니까요."

유민택의 말에 노형진은 당연하다는 듯 말했다.

"이미 나라는 뒤집어졌습니다. 현 상황에서 그들을 막을 방법이 일본 내부에는 없지요. 그러면 살기 위해서라도, 시키는 대로 해야지요."

하지만 좋은 꼴은 보지 못할 것이다.

어찌 되었건 그는 일왕가다. 그런 그가 자신의 혈통을 부정하고 야베에게 붙었다는 것은, 나중에 정권을 되찾는 데 성공한 경우 그에게 심각한 문제가 된다.

"아마도 정권을 되찾으면 그는 폐위될 겁니다."

설혹 살해 협박을 당했다고 해도 그는 황태자로서 저항했어야 했다.

더군다나 야베는 현재 타이토를 죽이거나 해를 끼칠 수 있는 상황이 아니다.

"그러겠지."

유민택은 씁쓸하게 말했다.

결국 노형진의 예상대로 일이 굴러가기 시작했다.

"일단 일본, 아니 야베는 우리와 전쟁도 불사하겠다는 포지션을 지키려고 하는 것 같군."

"그럴 겁니다. 그래야 내부를 단속하기 쉽거든요."

내부에 있는 친한파와 과거의 세력을 박멸하기 위해 야베는 빠르게 움직이고 있는 상황.

"일종의 치킨 게임인 거죠."

치킨 게임. 먼저 물러나는 놈이 지는 거다.

"하지만 불리한 건 야베죠."

기존의 질서에 반항하는 것은 절대 쉬운 일이 아니다.

개혁 개방을 한다며 쿠데타를 일으킨 나라는 한두 곳이 아니다.

그런데 왜 그런 나라들이 다 독재국가로 되돌아갔을까?

그곳에 있는 모든 자산, 그걸 부정해야 하기 때문이다.

해외에서 가지고 간 자산을 부정해야 자기들이 사는데, 그걸 부정하면 다른 나라들이 가만두지 않는다.

경제는 팍팍해지고 살기는 힘들어진다.

그런데 권력을 놓기는 싫다.

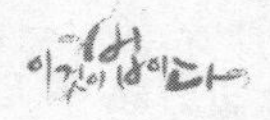

그렇다 보니 독재로 다시 회귀하는 것이다.

"야베도 마찬가지이니까요."

다른 나라의 모든 걸 부정하기 전에는 나라를 살릴 수가 없는 일본.

그 일본에서 뭘 어떻게 하든, 한국에 비해 확실히 부담을 가질 수밖에 없다.

"그리고 이번 기회에 일본을, 정확하게는 야베를 몰락시킬 수 있겠지요."

"그리고 그 뒤에 있는 대동도 말이지."

대동은 사실상 침묵하는 상태였다.

신동하와 신동성 그리고 신동우는 일종의 삼각관계를 이루고 있으며, 그들은 사실상 기업을 세 개로 나누는 쪽으로 흘러가는 분위기였다.

지금까지 대부분의 재벌 싸움은 그렇게 끝났다.

"그런데 신동성은 극우파에 속해 있단 말이지요."

그리고 그는 그동안 야베 측 정치인들과 아주 친밀하게 지내 왔다.

가장 대표적인 게 바로 후쿠시마 재건 사업.

거기서 빼돌린 어마어마한 돈으로, 신동성은 신동우와 신동하와 싸워 왔다.

"그래서 우리가 모인 거고요."

그리고 얼마 전 신동우가 잡혀갔다.

공식적인 이유는 밝혀지지 않았다. 하지만 추정하는 건 어렵지 않았다.

신동우는 한국에 공을 많이 들이고 있었고, 그 때문에 한국의 정치인들과 친밀하게 지냈다.

그런데 한국이 사실상 전쟁 준비를 시작하자 위험 분자로 분류되어 버린 것이다.

신동우가 잡혀가고 신동하는 도망치자 신동성은 대동을 장악했고, 기존의 세력을 빠르게 정리하고 있었다.

"어이없군."

수년간 싸우게 한 결과 그들이 찢어지게 되어서 그나마 좀 숨을 돌리는가 싶었더니, 그 수년간의 고생이 한꺼번에 모조리 날아가게 생긴 것이다.

"아마도 신동성이 신동우를 잡아가 달라고 부탁했겠지요."

안 봐도 뻔하다고나 할까?

그리고 문제가 심각한 상황에서 내부부터 정리해야 하는 야베는 대기업의 지원이 절실할 테고 말이다.

"하지만 그게 실패한다면 모든 걸 잃어버리지 않나? 신동성이 굳이 그럴 이유가 있나?"

"모르겠습니다. 하지만 신동성의 성향을 생각하면 그럴 수도 있지요."

신동성은 신씨 가문의 둘째다. 현실적으로 신동하는 버려진 자식이었으니, 신동우가 회장이 되었다고 해도 신동성은 그 아래에서 회사의 절반을 운영할 수 있었을 것이다.

"사실 누리고 사는 것만 생각한다면 신동성은 싸움을 걸 이유가 없었습니다."

신동우에게 찰싹 붙어 있기만 해도 일인지하 만인지상이라는 말이 현실화될 테니까.

"하지만 그는 자신을 숨겨 가면서 전쟁을 준비했지요."

이런 타입은 성향이 극단적이다.

자신이 전부를 가지지 못한다면 아예 부숴 버리는 타입이다.

"그러니까 야베에게 올인했을 수도 있습니다."

사실 일본 내부만 본다면 그건 당연한 일이었다.

야베에게 저항할 수 있는 수단이 전혀 없는 상황이니까.

"하지만 야베에게 올인한 게 실패하면 다 날릴 텐데."

"전부 아니면 전무니까요."

유민택은 걱정스러운 얼굴이었다.

정치적인 부분과 별개로 대동의 발전은 절대 원하는 바가 아니었다.

"그러면 어떻게 하는 게 좋다고 생각하나?"

"제 생각에는……."

노형진은 한참을 침묵을 지키다가 눈을 크게 떴다.

"소문을 내는 게 좋다고 생각합니다."

"소문? 갑자기 무슨 소문? 전쟁한다는 소문? 그건 이미 나지 않았나?"

각국은 현재 한국에 붙을 것이냐 일본에 붙을 것이냐로 고민 중이다.

그 이상은 정치적 부분이기에 노형진이 끼어들 수 있는 여지가 없다.

물론 하려면 할 수도 있지만, 노형진은 그다지 필요성을 느끼지 못하고 있었다.

"제가 낼 소문은 국내의 문제에 대한 게 아닙니다. 아니, 소문이라기보다는 선동에 가깝겠군요."

"선동?"

"그렇습니다. 야베를 코너로 몰기 위한 선동을 시작할 겁니다."

노형진의 눈이 번쩍번쩍 빛을 발했다.

일본은 자위대를 운영한다.

그리고 자위대는 군대가 아니라 공무원이다.

당연히 그 숫자가 충분하지 않다.

자위대는 미국의 태평양 방어 전략에 따라, 해군과 공군은 강화했지만 육군은 강화하지 않았다.

공식적으로 육상자위대의 숫자는 15만 명 정도다.

그에 반해 대한민국 병력의 숫자는 46만 명 정도다.

무려 세 배의 숫자 차이.
물론 전쟁은 숫자만으로 하는 게 아니다.
현실적으로 북한의 숫자는 한국보다 더 많으니까.
문제는 질적으로도 다르다는 거다.
자위대의 상당수는 행정직 공부원에 가깝고, 설사 전투 부서라고 해도 전투 훈련의 강도가 한국보다 약한 게 사실이다.
"그리고 한국은 그런 일본과 전쟁을 준비하는 상황이지요."
"뭘 이야기하고 싶은 건가?"
"만일 이 상황에서 일본에서 징병을 한다는 소리가 나오면 어떻게 될까요?"
"징병? 그러고 보니 한번 써먹지 않았나?"
"그렇습니다. 극우 세력을 분열하게 하기 위해 한번 써먹었지요."
그러나 이번에는 상황이 다르다.
한국과 실제로 교전의 위험이 있고 또한 전쟁 중 사망의 위험이 있다.
"징병을 하게 된다면…… 말이 많아지겠군."
문제가 없다고, 입 닥치고 있을 수도 있다.
하지만 운이 좋다면 저항하기 시작할 수도 있다.
"하지만 진짜로 징병을 하면 어쩌려고? 이런 말 하긴 그렇지만, 일본이 실제 강제징병에 들어가게 될 가능성은 아주 높아. 과거에도 그랬고."

과거 2차대전 당시에 일본군 장교들이 병사들을 부르던 별명 중 하나가 바로 5엔이다.

5엔짜리 우표가 붙은 징병 서류 한 통만 보내면 무한대로 보충할 수 있다는 의미였다.

"할 수야 있지요. 그렇지만 그렇게 된다고 해도, 그걸 어떻게 보급하겠습니까?"

"응?"

"징병을 한다고 해서 그들이 한국의 예비군이 되는 건 아닙니다, 후후후."

노형진은 미소를 지으며 말했다.

"제발 징병해 줬으면 좋겠네요."

아무리 야베가 권력을 잡았다고 해도 그의 지지 세력인 극우 세력을 터치하지는 못한다.

극우 세력은 다른 일본 국민들과 다르게 자신들에게 손해가 온다고 하면 극렬하게 싸우기 때문이다.

그런 극우 세력 중 일부는 노형진의 손아귀에 들어가 있는 트로이의 목마 같은 존재였지만, 일본과 야베는 그걸 몰랐다.

그리고 그런 그들이 활동하기 시작하자 분위기는 뒤숭숭해져 갔다.

"징병을 합시다!"

"징병을 해서 조국을 지킵시다!"

"조센징을 몰아내고 조선 반도를 차지하자!"

갑자기 날뛰기 시작하는 극우 세력.

그들이 내건 것은 바로 징병이었다.

"징병이라니, 그건 말도 안 돼!"

일부 사람들이 저항하기는 했다.

징병이라는 것은 결국 젊은 사람들이 가서 죽을 게 분명한 상황.

그리고 지금 징병이 시작된다면 야베는 끝까지 유지할 것이 뻔하니까.

하지만 징병을 주장하는 이들에게는 강력한 무기가 있었다.

"뭐? 조국을 위해 기꺼이 군대를 가야 마땅한데 그걸 반대해? 이런 비국민!"

비국민. 한국으로 치면 빨갱이 같은 말이다.

쉽게 말해서 사회적으로 고립시키기 위해 하는 말.

문제는 한국의 빨갱이라는 말과 다르게 비국민은 실제적인 효과를 가진다는 거다.

한국에서 빨갱이라고 불린다 해서 사회적으로 고립당하는 경우는 없다. 일종의 정치적인 욕이라는 걸 다 알기 때문이다.

하지만 일본에서의 비국민은 좀 다르다.

극우 세력에 비국민으로 특정되면 사회적 이지메의 대상

이 된다.

한국에서는 사회적인 왕따가 발생하면 욕먹는 건 그 지역 사회다.

하지만 일본은 아니다.

일단 비국민으로 특정되면 극우 세력에게 공격당하기 시작하고, 그게 주변에 퍼지면서 자연스럽게 한 지역 전체에서 집단 공격을 당한다.

가게에서 물건을 사지 못하게 되고, 회사에서는 잘리고, 학교에서는 괴롭힘을 당한다.

한 일가족을 말살하는 낙인이 바로 비국민이다.

"저 새끼 잡아 와! 저런 비국민 새끼는 옷을 홀라당 벗겨서 전시를 해 놔야 해!"

"죽여! 죽여 버려!"

"조센징의 노예!"

"나라를 조센징에게 바치려고 하는 거냐!"

난리가 난 극우 세력이 몰려오자 다급하게 도망가는 남자.

한 명이 바른말을 했다는 이유로 피해를 입으면, 그 주변에서는 누구도 더는 그런 말을 하지 못하게 된다.

그게 바로 일본의 극우 세력이 활동하는 방식이다.

"조센징을 몰아내고! 조선 반도를 되찾자!"

"젊은이들이여! 피를 흘려라!"

"징병을 하자!"

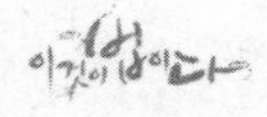

극우 세력이 난리를 칠수록 일본 사회에는 극도의 불안감이 퍼져 갔다.

⚖

"국민방위군사건이라고 아십니까?"

유민택을 만난 노형진은 진지한 표정으로 물었다.

"국민방위군? 그거 독일이 마지막에 저항할 때 만든 거 아닌가?"

"그건 국민 돌격대고요."

노형진은 씁쓸하게 웃었다.

하긴 유민택이나 나이가 좀 있는 사람들은 모를 수밖에 없다.

애초에 대한민국의 대부분의 사람들은 모를 것이다.

한국 역사에서 가장 더러운 치부이자 가장 감추고 싶은 부분 중 하나이니까.

그 때문에 국민방위군사건은 역사에서도 감춰진 비극이었다.

"6.25 당시 이승만은 국민방위군이라는 이름으로 국민들을 강제징집 했습니다."

그리고 그들을 훈련시켜서 전선에 내보낸다는 계획을 세웠다.

"그 당시에는 그런 일이 흔하지 않았나? 〈태극기 휘날리며〉에도 나오고."

형제가 길을 가다가 강제로 끌려가서 군에서 희생당하는 영화 〈태극기 펄럭이며〉.

“사실 그렇게 끌려간 사란들은 대부분 그 두 형제처럼 전선에 투입되지 않았습니다. 국민방위군에 끌려갔지요. 훈련을 목적으로요.”

“그런데?”

“그리고 거기에서 굶어 죽었습니다.”

순간 유민택의 눈이 화등잔만 하게 커졌다.

“대한민국 정부의 더러운 치부 중 하나이자, 어떻게 해서든 감추고 싶어 하는 부분 중 하나입니다.”

그러나 워낙 큰 데다 어떻게 감출 수조차 없는 사건이기에, 정부에서도 부정은 하지 않는다. 하지만 가르쳐 주지도 않고, 역사 교과서에도 들어가지 않는다.

“국민방위군에서 굶어 죽은 사람의 숫자가 추정치 5만에서 8만 명 정도입니다. 그마저도 최소로 잡은 거고요. 이게 정부가 어쩔 수 없이 인정한 공식 자료입니다. 하지만 현실은 더 잔인했지요.”

그 당시 기록에 따르면 강제징집 대상자는 230만 명이었고, 그중 확인된 숫자만 68만 명이다.

“그런데 그 당시에는 뭐, 제대로 된 게 없었으니.”

이미 그 당시의 증언에 따르면 훈장까지 받은 사람이 나중에 알고 보니 병적에도 없더라 같은 일은 너무 흔했던지라,

저 숫자보다 더 많으면 모를까 결코 적지는 않았을 것이다.

"참고로 말씀드리자면 6.25 당시 공식적인 사상자의 숫자가 13만 명입니다."

"미친. 왜?"

"뻔하지요. 한국의 전통적인 문화인 '생계형 비리' 때문 아니겠습니까?"

그들을 모아서 훈련시키라고 나온 돈, 그걸 중간에 다 빼돌린 것이다.

그렇다 보니 옷 한 벌, 밥 한 끼 제대로 챙기지 못해 굶어 죽어야 했던 것.

제대로 조사해서 파고들자니 전쟁터에서 죽은 병사 수보다 정부에서 굶겨 죽인 병사 수가 더 많은 판국이니 정부 입장에서는 극단적 치부였고, 그 때문에 대한민국에서는 쉬쉬하면서 절대 조사하지 않는 사건이었다.

"그 당시에 아주 개판이었지요."

"그럴 만도 하지. 그래서, 그걸 해결하자는 건가?"

"벌써 수십 년 전의 사건입니다. 이제 와서 해결한다는 건 말도 안 되고요. 제가 말씀드리고자 하는 건 그게 아닙니다."

"뭔데?"

"국민방위군사건은 강제징집이 보여 주는 대표적인 사례죠. 보급받지 못한 부대가 얼마나 재앙이 되는지 말입니다."

"재앙?"

"그렇습니다."

그렇게 굶어 죽어 가던 사람들이 견디다 못해 탈출하기 시작했고, 급기야 한국 정부에 반감을 가지고 북한에 투신해서 한국에 총질까지 해 댔다.

본래는 한국 정부가 북한의 남침에 맞설 목적으로 징집한 이들이었지만, 제대로 된 지원조차 해 주지 않아 결국 그들이 북한에 투신해서 결과적으로 북한군의 숫자를 늘려 주는 결과를 낳은 것이다.

"제가 일본에 원하는 것이 바로 그겁니다. 국민방위군사건."

일본에는 제대로 된 시스템이 없다.

사실 징병 시스템을 만드는 것은 결코 쉽지 않은 일이다.

한국이 징병 시스템을 만드는 게 가능했던 것은 주민등록 같은 모든 신분 확인 절차가 가능했기 때문이다.

"일본은 그런 게 없지요. 아마도 징병이 시작되면 가차 없이 끌려가는 형태가 될 겁니다."

그러나 지원 시스템은 없는 일본. 그렇다면 어떻게 될까?

"제대로 무장이 될 리가 없지."

일본의 예비군은 공식적으로는 8천 명 정도다.

애초에 직업군인들이니 예비군도 많을 필요가 없다.

"그 말은 치장 물자나 지원 시스템 역시 거기에 맞춰져 있다는 거죠."

그런데 어마어마한 징병자들이 모여들기 시작하면…….

"지옥도 그런 지옥이 없겠군."

제대로 된 시스템도 없이 무조건 모여드는 징병자들.

"전에 어떤 소설에 이런 내용이 나오더군요."

중국이 다른 나라를 침략할 때 쓰기 좋은 방법은 바로 투항이다.

중국에서 무차별적으로 징병해서 한국 국경으로 밀어 넣으면, 한국은 그들을 포로로 대우해야 한다.

그런데 1억 명쯤 밀어 넣으면 한국은 그들을 돌려보낼 수도 없고 죽일 수도 없게 된다.

"황당한 설정이지만 또 가능은 하거든요."

아무런 생산 활동도 못 하는 1억 명의 포로. 그들을 먹여 살릴 수 있는 나라는 없다.

"보급에 실패하면 전쟁에서 실패한다고 하죠."

그리고 그 보급을 일본이 강제로 실패하게 하는 것. 그래서 사회적으로 붕괴를 일으키는 것.

그게 노형진의 목표였다.

"하지만 그들이 받아 줄까?"

"받아 줄 수밖에 없을 겁니다."

노형진은 씩 웃었다.

"제가 선물을 준비해 놨거든요."

"선물?"

"조금 있으면 일본에 도착할 겁니다, 후후후."

보급이 없으면 군대도 없다

일본에 쿠데타가 발생하고 얼마 후 노형진은 남상진을 만났다.

"이번에는 큰 건이다."

"네놈이 또 뭔 미친 짓을 할지 참 궁금하군."

남상진은 느긋하게 말했다.

감정을 잘 드러내지 않는 그였지만 노형진이 저지르는 일이 워낙 스케일이 커서 때때로 정신이 아득해질 정도였다. 그랬기에 이번에는 놀라지 않겠노라 확실하게 마음먹고 왔다.

"요즘 AK-47 소총 가격이 얼마야?"

"AK-47 소총?"

"그래."

"한 480만 원?"

노형진은 미친놈 보듯이 남상진을 노려보았다.

전 세계에서 가장 싼 게 바로 AK 소총이니까.

"농담하는 거냐?"

"내가 농담하는 거 봤나? 착각하는 건 너야. 싸구려 구소련 총을 말하는 거라면 AK-47이 아니라 AKM이 맞다."

"다르냐?"

"다르지. 나중에 알아봐. 설명은 귀찮으니까."

"하여간 그거 얼마야?"

"가능하면 싸게?"

"그래."

"한 정당 대략 4만 원 잡으면 될 거다. 러시아제는 아니고 중동 쪽에서 생산되는 물량으로."

"사용에는 문제없지?"

"문제없으니 내다 파는 거지."

노형진은 대충 계산을 해 보았다.

4만 원. 확실히 싸다.

"한 10만 정쯤 살 수 있냐?"

막 커피를 마시려고 잔을 들던 남상진의 손이 멈칫했다.

그리고 그가 눈을 찌푸렸다.

"무슨 생각이냐?"

AK 소총 10만 정.

그 정도면 작은 나라 하나를 완전무장 시키고도 남을 양이다.

"미친 거냐? 그 정도면 거의 내전을 준비하는 거라고."

현금으로 따지면 40억.

절대 작은 돈이 아니다.

하지만 노형진에게는 현재 이자로 들어오는 돈만 그 이상이라 그건 지출로도 보이지 않았다.

"내전은 아니고, 일본에다가 힘을 실어 주려고."

"뭐? 일본에 힘을 실어 줘? 그놈들이 뭘 하려고 하는지 몰라서 그래?"

"왜? 일본이 전쟁하면 좋은 거 아냐?"

"좋기는 개뿔. 그 새끼들은 손님도 아니야."

"그렇게 사이가 안 좋아?"

"안 좋은 게 아니라 진짜 손님이 아니야."

일본은 모든 군사용품의 자국화를 외친다.

총에서부터 무전기, 탱크, 전차까지 모두 자국산을 쓴다.

"우리 같은 브로커랑은 관련이 전혀 없지."

더군다나 일본의 물건은 현실적으로 판매도 불가능하다.

당장 일본과 한국의 무기 성능을 비교하면 한국이 3분의 1 정도로 싼데 성능은 일본보다 낫다.

"한국 무기들이 은근히 팔리기 때문에 내가 먹고사는 거고."

성능 면에서는 미국이 최고이고 가격 면에서는 러시아가 최고다.

중국은 가격은 싸지만 믿음 자체가 없는 게 현실이고.
“가성비는 한국이 최고지.”
그래서 사람들이 잘 모를 뿐, 한국에서는 전 세계에 제법 많은 양의 무기를 수출하고 있다.
“그건 내 알 바 아니고. 구해 줄 수 있어?”
“구해 줄 수는 있는데…….”
노형진을 미심쩍은 표정으로 바라보는 남상진.
그가 비록 무기를 거래하는 브로커이기는 하지만 문제가 생기는 건 원하지 않으니까.
그러나 다음 순간 들려온 소리에 남상진은 노형진을 미친 놈 보듯 할 수밖에 없었다.
“총알은 필요 없어.”
“뭐라고?”
“총알은 필요 없다고.”
“아니, 진짜 총알이 필요 없다고?”
“필요 없다니까.”
“기본적으로 오는 총알은?”
“얼마나 오는데?”
“총 한 정당 탄창 하나 정도.”
“필요 없어. 그만큼 차라리 깎아 줘.”
“그걸 어디다 쓰려고 하는 거냐? 총알이 없는 총은 몽둥이 이상의 의미는 없다는 걸 모르는 거냐?”

"내가 원하는 게 바로 그거야, 후후후."

—우리 대제국일회는 새로운 병력을 모병하기 위해 총기를 구입했습니다. 해당 총기는 현재 일본에 거의 도착한 상황입니다.

얼마 후 일본의 극우 세력에서 총기를 구입했다는 발표를 하자 일본은 무척이나 술렁거렸다.

그럴 수밖에 없는 게, 지금은 일본의 극우 세력이 무기를 가지고 쿠데타를 일으킨 상황이기 때문이다.

그런데 또 무장 세력이 나타났다. 심지어 그곳은 일본의 또 다른 극우 세력이다.

—조센징과 지나를 깡그리 박멸하는 그날까지 우리 대제국일회의 투쟁은 멈추지 않을 것입니다.

그들은 소총을 흔들며 사람들을 선동했다.

—누구든 좋습니다. 우리와 함께 조센징과 지나와 싸울 생각이 있다면 오십시오! 우리가 무장시켜 드리겠습니다.

지나는 중국인을 비하하는 말이다.

조센징은 한국인을 비하하며 하는 말이고.

그리고 그걸 본 일본에서는 진짜 지원하는 놈들이 생겼다.

"어마어마한 숫자군."

"모두가 도망가는 건 아니니까요."

일본이라고 해서 나라를 사랑하는 사람이 없는 것은 아니다.

한국도 일본과 사실상 대치 상태가 되자 제대를 미루거나 다시 군에 입대하겠다고 하는 사람들이 널렸는데, 일본에서는 그런 사람이 없을 리가 없다.

"사람들이 모여들고 그들에게 무기를 지급한다라……. 이거 전 세계적으로 심각하게 받아들이겠군."

"물론 진실을 아는 사람들은 비웃겠지만요."

극우 세력인 대제국일회는 지원자들에게 총을 줬다.

그러나 안전을 위해서라며 총알은 주지 않았다.

사실 애초에 총알도 없었다.

물론 시범 사격용의 최소한은 있지만, 지원자들이 쏠 일은 없을 것이다.

"결과적으로 저들에게 준 건 몽둥이뿐이라는 거지요."

"그런데 이상한 걸 못 느끼나?"

"저들은 대부분 군에 대해 모릅니다."

영화에 나오는 멋진 총격전은 오랜 훈련의 결과다.

하지만 저들은 총알만 주면 영화처럼 멋있게 쏠 수 있을 거라 생각한다.

“아마 저들과 한국 예비군이 싸우면 한 10 대 1까지는 편하게 갈걸요.”

총알보다는 포위와 섬멸, 그리고 방어와 화력 지원 등을 통해 상대방을 제압하는 게 전쟁이다.

베트남전 당시 미국이 계산한 총알 소비량 대 사살한 인원수를 보면 대략 4천 대 1 정도 된다.

즉 총알 4천 발을 쏴서 한 명 죽였다는 건데, 현실적으로 보면 그 사망자는 단순 교전으로 죽은 게 아니라 화력 지원 포격이나 폭격 등으로 죽은 사람들을 포함한 것이니 아마 실제로 총에 맞아서 죽은 사람만 따진다면 그 수는 몇만 발에 한 명으로 크게 줄어들 것이다.

미국이 돈이 넘쳐서 공군에 돈을 꼬라박는 게 아니고, 한국이 괜히 포방부라 불리며 포에 매달리는 게 아니다.

“저들은 그런 사실을 모르니까 총으로 다 될 거라 생각합니다.”

“하지만 저들이 진짜 전력이 된다면 골치 아플 텐데?”

“절대 못 됩니다. 총알이 없는걸요.”

시범을 보이기 위한 최소한의 총알. 그리고 그 총알은 교전 상황에서는 한 20분도 못 버틸 양이다.

당연히 총알을 보급해야 하는데, 문제는 일본이 자유 진영 세력이라는 거다.

“일본은 옛날부터 5.56mm를 써 왔습니다. 그에 반해 저 AKM 같은 경우는 7.62mm를 씁니다.”

“비축분이 없다 이거군.”

“맞습니다.”

총은 많지만 그걸 이용할 총알 비축분이 없다.

즉, 저 총들은 몽둥이 이상의 의미는 없다는 거다.

“저들을 실전에 투입하려면 진짜 전쟁이 나야 하고 저들에게 다른 물건도 줘야 합니다.”

당장 군에서 쓰는 게 총만 있는 게 아니다.

철모에서부터 군복에 탄띠, 수통 등등 군대에서 병사가 필요로 하는 물건은 한두 개가 아니다.

“당연히 일본에는 그런 치장 물자가 없습니다.”

총알과 그런 무기를 공급하자니, 그 정도 공급량을 소화할 수 있는 곳이 없다.

“일본은 자국 내 우선 생산을 목표로 합니다.”

문제는 그 양이 많지 않다는 것.

신병이 들어오는 일이 많지 않은 직업군인의 특성상, 아무리 저들이 들어가고 싶어 해도 그 물자가 충분하지 않다.

“물론 일본은 다급하게 생산을 늘리겠지만, 과연 그게 될까요?”

어떤 게임에서 자원을 마구 퍼 주는 치트 키인 ‘Show me the money’는 미국이나 쓸 수 있는 거지 다른 나라는 쓸 수가

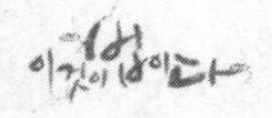

없다.

매년 잘해 봐야 몇천 개 생산하던 곳에서 갑자기 몇만 개를 생산할 수는 없는 것이다.

"설사 정부에서 다른 공장들까지 돌려 가면서 생산을 강제한다고 해도, 지금 상황에서 공장이 제대로 돌아갈 리가 없죠. 쿠데타에 비상사태니까."

"물자도 충분하지 않을 테고."

"그걸 사기 위해 돈도 못 줍니다."

"돈도 못 준다……. 아, 그렇군."

야베는 새로운 나라를 개국하려고 결심한 상황이다.

당연히 화폐는 바뀔 것이다.

그런 상황에서 엔화로 결제하자니, 기업들 입장에서는 그 돈이 쓰레기가 될 걸 빤히 아는데 받을 리가 없다.

그렇다고 해서 미래의 화폐를 받자니 국제적으로 인증도 되지 않은 돈이다.

받아 봐야 그걸로 원자재의 대금이나 임금을 줄 수 없다는 소리다.

"그러니 다른 걸로 줘야 하는데, 그게 뭘까요?"

"달러군."

국제통화는 달러화와 엔화와 유로화 정도.

"일본에는 그게 없습니다."

이미 일본의 시장에서 엔화 거래는 거의 차단당한 상황.

유로나 달러가 필요한데, 현재 일본의 통화를 완전히 대체할 수 있을 정도의 달러가 일본에 있을 리가 없다.

"망했군."

무엇도 할 수가 없는 상황.

"저 병력은 그대로 짐이 될 겁니다, 후후후."

⚖

"끄응……."

무장하고 나타난 극우 단체를 본 야베는 머리가 지끈거렸다.

"어떻게 생각하나? 그냥 둬야 하나, 체포해야 하나?"

"원래대로라면 체포를 하는 게 맞습니다만……."

"안 되겠지."

현재 야베를 적극 지지하고 있는 극우 세력이다.

그들을 체포하면 그들이 멀어질 수 있다.

"더군다나 그들이 들고일어난 상황 자체가 한국과 중국의 공격에 대비하자는 거라……."

"환장하겠네."

실제로 일본이 한국과 싸우게 되면 가장 문제 되는 것이 바로 지상 전력의 부족이다.

그런데 알아서 와서 지원해 준다는데 그걸 거절하고 무장을 해제시킬 수는 없다.

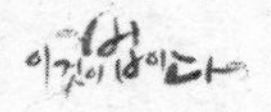

"현재로써는 그들을 받아들이는 수밖에 없습니다."

"받아들인다고?"

"그렇습니다. 일단은 일종의 치안 부대로 관리하는 겁니다."

"치안 부대라……. 그렇잖아도 자위관이 부족하기는 하지."

어떻게 해서든 관리해야 하는데 자위관은 부족하고 주변에서는 반발이 심하다.

경찰도 통제하고 있기는 하지만, 평시의 관리 상태와는 완전히 다른 상황이다.

특히나 야베의 경우는 쿠데타로 권력을 잡은 것이기 때문에 기존 세력을 박멸하는 게 절대로 쉬운 일이 아니었다.

"일단 현재 상황에서는 그들을 받아들여서 치안 부대로 쓰는 게 좋을 듯합니다."

"좋아, 그들을 받아들이지. 그들을 치안 부대로 임명한다."

"알겠습니다."

부하가 고개를 숙이고 나자 야베는 의자에 기대앉았다.

"일단 상황이 제대로 되어 가고 있는 것 같기는 한데."

생각지도 못한 극우 세력의 등장. 그 진실을 알지 못하는 야베는 안도의 한숨을 내쉬었다.

⚖

야베가 총기를 소지한 극우 세력인 대제국일회를 치안 부대로 인정하고 받아들이자 극우 세력은 너도나도 대제국일회로 몰려갔다.

자신들도 총을 받아서 권력을 쥐고 싶은 것이다.

"'인간은 같은 실수를 반복한다'인가?"

노형진에게서 현재의 상황을 들은 박기훈은 씁쓸하게 웃었다.

처음 일본에 AK 소총을 줬다는 말을 했을 때만 해도 기겁했는데, 사실상 그건 한국에 이득이 되었다.

"슬슬 일본 내부에 독이 퍼질 테니까요."

"자네는 일본에 서북청년회를 만든 셈이군."

"맞습니다."

아마도 야베는 그들에게 치안을 맡기고, 그 임무를 수행하던 병력을 군 병력으로 쓰자는 생각을 했을 것이다.

한국에도 똑같은 생각을 한 사람이 있었다.

바로 이승만.

그는 자신의 지지 세력인 서북청년회에 어마어마한 권력을 주었고, 그 권력에 취한 그들은 양민 학살을 했다.

"물론 그 정도의 막장 상황은 안 될 겁니다. 하지만 각 지역의 극우 세력은 저마다 마구 발호하기 시작하겠지요."

그걸 알기에 노형진은 그들에게 무조건 무기를 공급하라고 했다.

정상적인 상황이었다면 그렇게 대량의 무기가 들어왔을

때 엄중하게 처벌해야 하는데, 전쟁의 기운이 보이자 야베는 다급함에 제대로 확인도 하지 않은 것이다.

"그리고 각 지역에서 그런 단체들이 너도나도 치안 확보를 하기 시작했지."

마치 한국의 6.25 때처럼 말이다.

일본의 경찰은 실질적으로 주요 업무에서 손을 떼고 일왕가를 지지하는 사람들에 대한 색출을 시작했다.

"아마 야베는 이다음에 무슨 일이 벌어질지 모를 겁니다."

그들은 겪어 본 적이 없으니까.

하지만 한국은 안다.

알기에, 지금 상황이 뭐가 문제인지도 안다.

"다음에 벌어질 건……."

잠깐의 침묵. 그리고 박기훈의 얼굴에 떠오르는 미소.

"충성 경쟁이겠지."

충성 경쟁.

일본은 해외와 정보를 주고받을 수 있는 인터넷이 끊어진 상황이다.

그렇다 보니 야베가 권력을 잡은 후 누구도 그에게 저항하지 못하고 있다.

그런 상황에서, 사람들에게는 사실상 야베가 무너질 가능성이 없는 것처럼 보인다.

그러면 그다음에 드는 생각은?

"이래서는 뭘 못 하잖아!"

하시마루는 눈을 찡그리며 말했다.

지역의 작은 극우 세력을 이끌던 그는 총기를 넘겨받고 치안대의 명을 받아서 치안을 유지하고 있었다.

하지만 그게 끝.

중앙으로 나가기 위해서는 뭔가 그럴듯한 증거가 필요했다.

"이대로 가면 우리는 진짜 아무것도 아니게 된다."

하시마루의 조직은 아무래도 규모도 작고, 속한 곳도 그저 그런 규모의 소도시일 뿐이다.

물론 아직 자리 잡지 못한 대도시를 먹고자 하는 생각도 있었다. 극우 세력이 대도시마다 있는 게 아니니까.

"하지만 인원이 부족한데 그게 가능하겠어?"

하시마루에게 말하는 친구.

실제로 하시마루의 조직은 그 숫자가 고작 열다섯 명이다.

사실 말이 극우 세력이지 그냥 동네 깡패나 마찬가지였다.

"제대로 운영하려면 못해도 백 명은 있어야 하는데."

그런데 자신들은 그 규모가 턱도 없다.

"아, 씨발. 우린 뭐 하는 거냐고."

바로 옆에 텅 비어 있는 대도시가 있다.

거기를 먹고 관리한다면 그래도 나중에 뭐라도 떨어질 것 같은데, 이런 작은 동네에서 뭘 한단 말인가?

"그러면 숫자를 늘리면 되잖아."

"무슨 수로? 여기에 있는 거 다 겁쟁이 아니면 노친네들뿐이야."

하시마루라고 그런 생각을 해 보지 않았겠는가?

세력을 늘릴 수만 있다면 총을 더 받을 수 있게 되고, 총을 받을 수 있다면 옆에 있는 도시에도 손댈 수가 있다.

"강제로 늘리는 건 어때?"

"응? 강제로?"

"아니, 전부터 강제징집 이야기가 나오고 있잖아."

"그렇지."

"그러니까 우리도 강제로 끌어내는 거야."

"강제로 끌어낸다고?"

"그래서 적당한 놈들을 데려다가 강제로 우리 모임에 참가시키는 거지."

"흐음?"

하시마루는 솔깃한 표정이 되었다.

"조금 더 자세히 말해 봐."

"뭘 더 자세히 말해? 말 그대로인데. 숫자가 중요한 거잖아. 그러니까 젊은 놈들을 강제로 들어오게 해서 관리하자고."

"그게 가능하겠어?"

"가능하지 못할 건 뭐가 있어? 우리는 여기 치안을 담당하는 자율 치안대라고. 거기에다 총도 있잖아."

"총알은 없잖아."

말 그대로 치안용이다. 그러니 총알을 줄 수는 없다는 게 공식적인 이야기다.

"하지만 알 게 뭐야?"

총알은 없지만 탄창은 있다.

그걸 결합시켜 두면 다른 사람들이 보기에는 그냥 장전될 총일 뿐이다.

"그러니까 강제로 끌어다가 숫자를 좀 늘리자고."

"그럴까."

인간은 똑같다. 이기적인 인간일수록 권력을 가지면 부패하기 쉽다.

그리고 극우 세력은 극도로 이기적인 인간들이다.

그렇다면 권력을 가지게 되었을 때 과연 어떻게 행동할 것인가?

사실 답은 나와 있다고 봐야 한다.

"우리도 세력을 늘려서 뭐라도 해 보자고."

"그러자."

그들은 머리를 맞대고 계획을 짜기 시작했다.

다음 날 그들은 자신들을 만만하게 보던, 평소에 백수 녀석들이 취직도 안 하고 애국 타령만 한다고 욕하던 집으로 쳐들어갔다.

"아악!"

"이 비국민 새끼야!"

바닥을 나뒹구는 남자.

그는 엎드린 채 벌벌 떨었다.

"제발…… 제발 살려 주게."

"뭐? 우리 애국심을 그렇게 무시하더니 살려 달라고? 대가리에 총구멍이 나 봐야 정신을 차리지!"

"아, 아니야……. 아니야……. 내가 시키는 대로 할 테니…… 한 번만…… 제발 한 번만 살려 주게……."

아무리 간이 부은 사람이라고 해도 총이 눈앞에 있다면 겁먹을 수밖에 없다.

더군다나 거기에 총알이 장전되어 있다면 더더욱 말이다.

설사 군을 제대한 사람이라고 해도 탄창이 결합되어 있으면 총에 총알이 장전되어 있는지 알아볼 수는 없다.

물론 가까이 다가가서 노리쇠를 본다면 알 수 있겠지만, 그렇게 가까이 다가오게 두는 멍청한 놈은 없다.

"이야, TV 좋네."

"이거 한국 거잖아?"

와장창하고 박살이 나는 텔레비전. 그리고 그들의 얼굴에 떠오르는 차가운 비웃음.

"이 비국민 새끼가 조센징을 빠네."

"아니야…… 아니야……."

"아니긴 뭐가 아니야! 여기 증거 있잖아!"

그들은 냉장고에서 꺼낸 김치를 꺼내 흔들었다.

"기무치를 처먹으면서 비국민이 아니라고?"

"아니야! 나는 그저…… 매운 걸 좋아할 뿐이야!"

"증명해 봐."

"뭐?"

"증명하라고. 여기에다가 사인해."

그들이 내놓은 것은 그들의 조직에 들어가겠다는 신청서였다.

"이, 이건……."

"왜? 싫어?"

"아니, 싫다기보다는……."

"어차피 당신 회사도 지금 일도 안 하고 파리 날리고 있을 거 아니야?"

하시마루의 말이 틀린 것은 아니다.

실제로 그의 회사에는 사람이 없어서 텅 비다시피 했다.

수출은커녕 수입도 안 되는 판국이니 할 일이 없으니까.

"그러니까 우리랑 같이 비국민 새끼들이나 잡으러 다니자."

"그건……."

"아니면 대가리에 총구멍 내 주고, 이 비국민 새끼야."

남자는 눈물을 흘리면서 벌벌 떨었다.

그리고 눈앞에 있는 볼펜을 잡았다.

"좋아. 그렇게 사인하고, 내일 아침에 우리 사무실로 와. 알았지? 안 오면 죽는 거야."

그들은 사인한 서류를 가지고 미소를 지으며 그곳을 떠났다.

뒤에 남은 남자와 가족들은 서로를 부둥켜안은 채로 펑펑 울 수밖에 없었다.

한 곳에서 시작된 그러한 충성 경쟁은 자연스럽게 퍼져 갔다.

한 곳에서 그렇게 강제로 모집하면서 사람들은 자연스럽게 징집병처럼 운영되었고, 그렇게 세력이 늘어난 자들은 서로를 견제하기 시작했다.

물론 그러한 상황에서도 야베는 그들을 통제하지 않았다.

아니, 하지 못했다.

그들이 늘어난다는 것, 그건 자신의 세력이 늘어난다는 걸 의미하기 때문이다.

"일본의 상황은 우리의 예상과 다르게 돌아가고 있습니

다. 현재 일본은 사실상 징병으로 돌아선 거고, 자위대는 한국에 대한 전쟁을 준비하고 있습니다. 야베 정부는…….”

“어허.”

“아, 죄송합니다.”

보고하던 남자는 고개를 숙여서 사과했다.

“야베 반군은 현재 요히토 일가를 돌려줄 것을 요구하고 있습니다.”

“일왕의 위치나 상황에 대한 정보는 없나?”

“애석하게도 없습니다. 아시다시피 일본은 동맹으로 분류되어 있어서 정보의 수집에 한계가…….”

“말하지 않아도 아네.”

박기훈은 긴 한숨을 쉬었다.

전임자인 홍안수는 일본의 정보 라인을 아예 쑥대밭으로 만들어 놨다.

그나마 있던 정보 라인도 그의 손을 타고 일본에 넘겨졌고, 요원들은 쥐도 새도 모르게 실종되었다.

그러면 이상 징후라 생각해서 극비리에 파견을 하든가 해야 하는데, 홍안수가 아예 그걸 막아 버린 탓에 현재 일본의 정보 라인은 완전히 초토화된 상황.

“다른 나라는 어떻습니까?”

“아직은 중립을 지키고 있네.”

보고를 다 들은 노형진이 묻자 박기훈은 차분하게 말했다.

"다른 사람들도 예상하지 못한 상황이라서 어쩔 줄 몰라 하고 있어."

슬쩍 말하는 거지만 그 안의 내용은 뻔하다.

네가 이 상황을 만들었으니 해결책을 내놓아라 이거다.

"전쟁으로 끝까지 갈 수는 없네. 하지만 야베는 겉으로는 전쟁을 포기할 수 없는 상황으로 보이네."

"애초에 예상했던 일 아닙니까?"

"그렇지."

"그럼 우리도 거기에 맞춰야지요."

"역시 상륙 준비인가?"

"그렇습니다."

노형진은 고개를 끄덕거렸다.

야베를 붕괴시키기 위한 첫 번째 계획. 바로 보급망의 붕괴다.

"북한이 왜 한국과 미국이 훈련하면 게거품을 물면서 욕하는지 아십니까?"

"알지. 그걸 모르겠나?"

사실 한국과 미국이 같이 훈련해도, 북한의 입장에서는 바뀌는 게 없다.

물론 그 훈련이 북한에 대한 공격이나 방어를 전제로 이루어지는 것은 사실이지만, 또 그 훈련을 한다고 해서 당장 전쟁으로 이어지는 것은 아니다.

하지만 그럼에도 불구하고 북한은 강하게 반발하면서 훈련을 하지 못하게 하려고 한다.

"그들 입장에서는 군사력이라는 건 그런 거거든요."

적성 국가라는 것은 일종의 대칭 같은 거다.

한쪽에서 훈련 등을 통해 자신들의 힘을 자랑하면 다른 쪽 역시 훈련 등을 통해 힘자랑을 해야 한다.

하지 않으면, 자국 내 국민들이 자국의 군대가 약해 빠졌다고 생각하며 패배주의에 물들게 된다.

군 사열식 같은 것도 같은 의미다.

사열식이라는 게 군사적 목적에서 본다면 사실 아무런 효과도 없고 그냥 군인들을 괴롭히는 것에 지나지 않는다.

하지만 정치학적으로 본다면 군의 사열식은 우리나라가 이렇게 강하다고 자랑하는 것이다.

"북한은 그걸 할 능력이 안 되니까."

한국이 미국과 그렇게 크게 훈련한다고 하면 북한 역시 그에 대응해서 훈련해야 하는데, 그게 쉽지가 않다.

일단 기름도 없고 굴러가는 무기 자체도 별로 없기 때문이다.

한국도 그런 훈련에 많은 예산이 들어가기는 하지만, 북한은 그런 훈련을 하면 거의 치명타에 가까운 충격을 받는다.

"그걸 이제 일본이 당해야지요."

한국이 상륙 준비를 하면 일본은 두 가지 방법을 찾아야 한다.

첫 번째는 한국으로 역상륙하는 것.

물론 그건 불가능하다.

지상 전력 면에서 너무 차이가 나니까.

두 번째 방법은, 바로 상륙하는 한국군을 지상 격멸하는 것.

사실 이쪽이 더 가능성이 높다.

아무리 상륙에 성공한다고 해도 한국과 일본은 다른 나라이고, 더군다나 일본은 섬으로 이루어져 있다.

즉, 일본에 상륙된 한국군은 고립된 상황이라는 거다.

"그러니 전략은 어쩔 수 없이 자국 내 상륙한 병력을 제압하는 쪽으로 굴러가겠지요."

그리고 그러기 위해 가장 중요한 것이 바로 병력.

그런데 지금 자위대의 병력은 턱도 없이 부족하다. 그러면 그 병력을 어디서 구할까?

"뺑카, 어디 한번 제대로 써먹어 보지요, 후후후."

"뭐라고!"

한국에는 여전히 친일파가 많다.

그들은 저마다 어딘가에 숨어서 정보를 빼돌리고 있었다.

그렇기에 그런 그들을 통하여 한국의 군사작전 계획이 드러나는 것은 애초에 예상한 일이었다.

"한국에서는 총 세 곳을 통해 상륙작전을 동시에 한다고 합니다."

"세 곳? 미친 거야? 그런 말도 안 되는 소리가 어디 있어?"

"한국의 작전을 생각하면 가능합니다."

일단 한국의 공수부대를 통해 전선을 고착화하고 병력의 이동을 차단하는 사이에 터널을 붕괴시켜 군사 이동을 막고 홋카이도를 점령하는 것이 첫 번째고, 두 번째는 오키나와를 통해 대단위 상륙을 준비하는 것.

마지막으로 세 번째는 소수의 병력이 상륙하여 오키나와를 점령하는 것이다.

제법 치밀하게 만들어진 군사작전이었고, 이 작전을 요청한 사람은 일본 임시정부의 요히토 황태자였다.

"이거 막을 수 있어?"

"막을 수는 있습니다만…… 동시에 막는 데에는 한계가 있습니다."

"어째서?"

"우리는 미사일이 없습니다."

한국에는 수백 개의 미사일이 있다.

그에 반해 일본은 미사일이 없다.

"함대를 통해 막을 수는 있습니다만, 만일 미사일을 이용해서 함대를 타격한다면……."

제대로 저항도 못 해 보고 함대만 날리는 꼴이다.

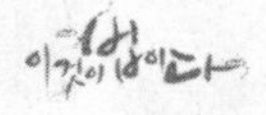

"더군다나 주력은 분명 오키나와일 텐데……."
그곳은 한국과 너무 가깝다.
물론 한국 함대를 막기 위해서는 함대를 배치해야 하겠지만, 그 말은 한국에서 발사하는 미사일을 동시에 막아야 한다는 소리이기도 하다.
"당장이라도 상륙부대를 막을 준비를 해야 합니다."
"하지만 그 충분한 전력이 부족합니다."
"무슨 수를 써서라도 모아야지요."
야베의 측근들은 멘탈이 반쯤 나가 있었다.
물론 한국과 전쟁할 각오는 하고 있었지만, 준비되지 않은 상황에서의 전쟁은 자신들이 불리했다.
"그래도 한국에서 모든 병력을 빼지는 않을 거 아닌가?"
야베는 작은 기대를 하며 물었다.
"그건 그렇지요."
한국에는 북한이라는 주적이 있다.
한국이 약해진다면 북한이 가만있지 않을 것이기에, 한국이 전 병력을 일본에 투사할 가능성은 높지 않았다.
"그래도 절반 정도는 우리 쪽으로 돌릴 수 있습니다. 그 정도만으로도 우리 입장에서는 극도의 부담감이……."
숫자는 차이가 안 나지만 숙련도에서부터 훈련량에서는 어마어마한 차이가 날 수밖에 없는 것이 현실이다.
"그래도 상륙부대는 상륙할 때 피해를 많이 입는 법이니까…….”

그들이 계획을 짜고 있는 그때, 누군가 신문 하나를 들고 다급하게 안으로 들어왔다.

“무슨 일인가?”

“한국에서 이상한 기사가 났습니다.”

“한국에서?”

“그렇습니다. 여기.”

그걸 받아 든 사람들은 얼굴이 딱딱하게 굳었다.

그럴 수밖에 없었다.

그 기사는 기사가 아니라 정부의 홍보였으니까.

“자발적 지원자 모집?”

공식적으로는, 북한과 접경하고 있는 전선을 지킬 자발적인 지원자들을 모집한다고 되어 있다.

하지만 이미 북한과의 국경은 한국군이 감시하고 있다.

그런데 그런 곳을 막기 위해 사람을 모집한다?

그러면 지금 국경을 지키는 병력은?

“크윽…….”

답은 나와 있는 상황이었다.

그리고 그 후에 자연스럽게 이어질 상륙작전.

“당장 병력을 모집해서 상륙 예상 지점에 벙커를 설치하고 방어선을 만들어!”

“하지만 병력이 충분하지 않습니다.”

"중장비를 강제로 차출하고 그 무장해 둔 치안 부대를 소집하도록."

"치안 부대요?"

"그래."

애초에 극우 세력이 무장을 하는데도 놔둔 이유가 바로 이것이다.

비상시 그들을 전선으로 끌어내기 위해 말이다.

이제 그 병력을 채울 때가 되었다.

"당장 그들을 모아서 훈련시키도록."

아무리 야베가 생각이 없어도, 적이 상륙할 때까지 기다렸다가 모아서 투입할 리가 없다.

합리적인 사람이라면, 아니 최소한의 상식이 박혀 있는 사람이라면 그들을 모아서 최소한의 훈련을 시키려고 하는 게 당연한 일이었다.

"하지만 총알이 부족합니다."

다른 거야 그렇다고 쳐도 총알이 없다.

일본군은 5.56mm를 쓰니까.

"다른 나라에서 구입해 봐."

"하지만 구입할 수 있는 곳이 없습니다."

"뭐?"

"일부 밀수를 할 수는 있겠지만……."

일본이 대혼란 상태에 들어가면서 정상적인 거래가 가능

한 나라가 없어져 버렸다.

일부 무기 거래상을 통해 구입은 가능하지만 그 수량이 충분할 리가 없다.

"그리고 그들에게 엔화를 줄 수는 없을 것 같습니다."

엔화를 주려면 일본이 안정되어야 한다.

그런데 당장 그런 상황이 아니니 그들이 요구하는 건 달러뿐이다. 그렇게 달러가 새어 나가면, 당연히 그나마 버티고 있는 일본의 상황은 최악으로 치달을 수밖에 없다.

"일단…… 강제로 모아서 훈련소에 넣고 군 내부에 남아 있는 총을 모조리 꺼내서 지급하도록."

아무리 일본이라고 해도 비상사태를 대비한 치장 물자는 있었고, 그 안에는 적지 않은 수의 무기가 있었다.

"알겠습니다."

"그리고 총알도 구매할 수 있으면 구매하고."

"네, 총리님."

"한국이 상륙한다고 하면 일격 필살로 밟아 버려."

야베는 최소한 그럴 수 있을 거라 생각했다.

아무리 그래도 상륙전은 위험하고, 방어하는 사람들이 유리한 게임이다. 그러니 자신들이 충분히 버틸 수 있다고 생각했다.

그러나 그건 어디까지나 한국이 상륙할 때의 이야기였다.

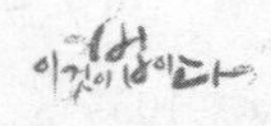

⚖

"이게 뭐야?"

강제로 징집된 사람들. 그들에게 다급한 것은 훈련이었다.

그러나 일본 정부 입장에서 더 다급한 것은 바로 언제 올지 모르는 한국의 상륙부대를 막는 것이었다.

그들은 몇 발의 사격 훈련만 마치고 강제로 상륙 예상 지점에 투입되었다.

그다음부터가 문제였다.

한국의 군인들은 안다.

군 생활의 절반은 작업이다.

쓸데없이 시키는 것도 많지만, 참호를 관리하거나 하는 진짜 필요한 작업도 많다.

하물며 적의 상륙에 대비하기 위해 참호선을 파고 방어선을 구축하는 건 꼭 해야 하는 일이다.

일본 측은 이 일을 징집된 사람들에게 시켰다.

"우리가 조센징을 쏴 죽이겠다고 이렇게 모였지, 삽질이나 하자고 모인 줄 알아?"

사람들은 극도로 불만을 품었다.

그럴 수밖에 없는 게, 그들은 삽을 들고 미친 듯이 삽질을 하면서 참호와 벙커를 만들고 있다.

전국에 있는 시멘트란 시멘트는 다 징발해서 그렇게 만들고 있는데, 땅을 파는 건 포클레인 같은 대형 장비가 한다고 해도 그렇게 파인 걸 정리하고 고정시키고 다듬는 건 사람이 해야 한다.

즉, 육체적인 노동을 어마어마하게 퍼부어야 하는 일이라는 거다.

그런데 대부분의 극우 세력은 육체노동을 해 본 적이 없다.

현대에서 그다지 육체노동을 할 일도 없었거니와, 그렇게 정당하게 돈 벌어서 생활하는 사람은 극우에 시선을 돌릴 틈이 없었다.

오래전부터 이런 말이 있다.

전쟁을 겪어 본 자는 결코 전쟁을 원하지 않는다고.

그들의 머릿속에 전쟁이란 신나는 FPS 게임일 뿐이었는데 현실은 삽질에 동원되는 꼴이니 불만이 가득했다.

하지만 더욱 불만을 품을 수밖에 없는 것은 바로 밥이었다.

"다 좋다 이거야! 지금 이걸 밥이라고 주는 거야?"

"장난해? 이거 먹고 일하라고?"

쌀밥과 미소국 그리고 삶은 계란과 김 거기에다 간장. 그게 전부였다.

"이걸 먹고 어떻게 일하라는 거야!"

"우리가 거지냐?"

불만을 토로하면서 항의하는 사람들.

그런 그들을 보며 자위관은 도리어 짜증을 냈다.

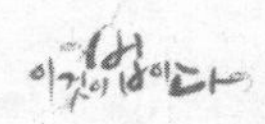

"우리도 똑같은 거 먹고 있으니까 그냥 일해!"

"뭐?"

"우리도 별반 다른 걸 먹지는 않는다고!"

자위관의 말은 사실이었다.

갑자기 수만 명의 병력이 늘어났다.

그런데 엔화가 불안정해서 받으려고 하는 사람들이 없으니 거의 반강제로 엔화를 주고 식재료를 사 오는 수밖에 없는데, 그마저도 터무니없이 비싸져 버렸다.

기본적으로 일본은 외국에서 식량을 수입해야 하는 국가인데 엔화가 불안정해지면서 당연히 수입이 막혀 버렸기 때문이다.

그렇다고 달러를 주자니, 현 상황의 일본에 목숨보다 귀한 게 바로 달러다. 개국하면 엔화가 사라질 테니 그때는 달러로 버텨야 하니까.

당연히 달러로 지불하는 건 불가능했고, 그나마 나오는 것도 일본 전역에서 강제로 빼앗다시피 해서 가지고 오고 있었다.

그런 상황에서 제대로 급식이 지원될 리가 없다.

"그냥 처먹어라, 좀."

그리고 자위관은 좋은 소리를 할 수가 없는 상황이었다.

그들은 공무원으로서 지원한 것이지 전쟁에서 죽으려고 지원한 게 아니다.

그런데 전쟁이 코앞에 다가왔고, 그 최전선에 배치되어 전쟁을 준비하고 있으니 기분이 좋을 리가 없다.

둘 사이의 신경전은 계속되었다.

그리고 그 신경전을 유심히 지켜보는 사람이 있었다.

'이쯤 되면 될 것 같은데.'

노형진이 일본의 극우 세력 안에 심어 둔 사람이었다.

그는 사람들의 불만과 자위관의 짜증 수위를 주의 깊게 살피다가 적절한 타이밍에 조심스럽게 입을 열었다.

"거짓말하지 마. 너희들이 먹는 음식이 우리한테 주는 것보다 좋잖아."

당연하다. 일본 자위대는 이미 예정되어 있던 음식이 나오는 것이니까.

하지만 징집군, 속칭 일본 방위대는 그런 게 아니라 갑자기 예산을 편성해서 가져다줘야 했다.

"맞아. 이건 너무하잖아."

어떻게 보면 당연한 일이다.

일본의 별명 중 하나가 바로 매뉴얼의 나라다.

후쿠시마 원자력발전소가 터졌을 때, 매뉴얼이 없다는 이유로 지원품이 구석에서 썩어 나가게 한 것이 바로 일본이다.

그리고 큰 질병이 돌았을 때 수천 명분의 고급 도시락이 기부되었는데, 그것 또한 매뉴얼에 없다는 이유로 모조리 싹 다 버린 게 일본이었다.

그런 나라에, 매뉴얼에 없는 엄청난 숫자의 병력이 생겼으니 제대로 되는 게 있겠는가?

"맞아. 이건 너무하잖아."

분노를 품고 싸움을 거는 사람들.

분위기가 흉흉해지자 공사를 감시하던 자위관들은 슬슬 시선을 피하면서 자리를 벗어나려고 했다.

그런 그들을 보면서 남자는 불만스럽게 말했다.

"그나저나 우리에게 다른 건 언제 줄 거야?"

"뭐?"

"다른 거 말이야. 방탄조끼나 방탄모 같은 거. 아니면 방독면 같은 거! 설마 여기서 달랑 총 하나 들고 조센징과 맞서 싸우라는 건 아니겠지?"

"……."

"뭐야? 표정이 왜 그래?"

"우리는 모르니까……."

"몰라? 모른다고? 아니, 그러면 우비라도 좀 주든가. 하다못해 텐트라도 주든가! 비가 오면 여기서 비를 다 맞아 가면서 그냥 있으라고?"

군대에서 필요한 물품은 어마어마하게 많다.

한국은 전쟁이 나면 예비군에게 지급할 치장 물자들을 충분히 준비하고 있다.

그러나 일본은 애초에 예비군 병력이 터무니없이 적기 때문에 충분한 물자가 없었다.

"말이 안 되잖아!"

"우리는 그냥 죽으라는 거야, 뭐야!"

"너희들 목숨만 목숨이냐!"

노형진에 의해 심긴 일부 사람들이 극단적으로 몰아붙이기 시작하자 분위기는 급속도로 뒤숭숭해져 갔다.

극우 세력이라는 것 자체가 결국은 이권을 노리는 이기주의자들이다.

그런 자들에게 그냥 총알받이로 죽으라는 말이 어떻게 들리겠는가?

"뭔 말도 안 되는 소리를 하는 거야!"

"국민이 물로 보이냐!"

화를 내는 사람들. 그리고 격렬해지는 싸움.

"이런 젠장."

자위대의 자위관들은 그런 사람들을 보다가 다급하게 도망갔다.

"어딜 가!"

"최소한의 물건은 내놔야 할 거 아냐!"

불만이 걷잡을 수 없이 터져 나왔고, 그 불만은 전선을 따라 퍼지기 시작했다.

야베의 마지막 발악

"일본 내부에서 징집된 사람들 사이에 불만이 심하다고 하네요."

"기가 막히는군."

박기훈은 노형진에게 보고받으면서 입안이 씁쓸했다.

일본 내부의 감시 시스템이 붕괴되는 바람에 나라가 정보를 구해 오지 못해 노형진이 구한 정보에 의지하는 꼴이라니.

"뭐, 나중에 제대로 시스템을 만드십시오. 방해하는 놈들은 없을 테니까요."

"그렇겠지."

이미 정보가 일본으로 넘어갈 거라 예상하고 치밀하게 작전을 짰다.

그리고 그 정보가 어떻게 일본에 넘어갔는지도 알고 있다.

하지만 그저 모른 척할 뿐이다.

숨어 있던 한 줌의 친일파조차도 그렇게 드러나고 있는 상황.

"어찌 되었건 야베는 사실상 모든 자산을 총동원해서 상륙 예상 지점에 벙커를 올리고 방어 준비를 하고 있습니다."

"그렇겠지."

"미국은 뭐라고 하던가요?"

"미국은 일단 말리고 있네. 하지만 강하게 말하지는 못하고 있어."

"그러겠지요."

야베는 미국에 약한 모습을 보이고 있다. 그래서 국가 인정을 위해 미국에 먼저 손을 내밀었다.

"아마 미국은 이미 야베가 일본을 뒤집고 새로운 국가를 만들 거라는 걸 알고 있을 겁니다."

그리고 미국 입장에서는, 친미파인 야베가 그렇게 권력을 잡는 것도 나쁘지 않다고 생각할 것이다.

"하지만 그렇게 되면 상황이 애매해지지."

공식적으로 야베의 정권은 아무것도 아니다.

인정받은 국가가 아니기 때문이다.

한국이 정식으로 요히토의 임시정부를 인정한 현 상황에서는 그저 반군 세력에 지나지 않는다.

"그런 상황에서 우리가 상륙전을 준비하면 진짜 데프콘 3

상태가 되니까요."

그렇다고 과거처럼 강하게 막을 수 있는 것도 아니다.

그때는 일본도 동맹이었지만, 지금의 일본은 아무것도 아니다.

야베의 정권을 인정하라고 한국에 압력을 가할 수도 있겠지만 그건 득보다 실이 많을 수밖에 없다.

야베는 전쟁 가능 국가를 만들 생각이고, 그 첫 번째 대상은 한국이라는 걸 대한민국의 모든 국민이 알고 있으니까.

"그러니 대충 말리는 시늉만 하면서 이러지도 저러지도 못하는 상황이겠지요."

"미국이 우리를 버리고 일본, 아니 야베에게 붙을 가능성에 대해서는 어떻게 생각하나?"

노형진은 고개를 흔들었다.

"제로입니다. 일본의 정치인들은 애초에 반미가 성립할 수가 없습니다."

강자에게 약하고 약자에게 강한 것이 바로 일본의 전형적인 습성이다.

그리고 미국은 강자다.

"국가적으로 불만이 많을 수도 있고 정권이 바뀔 수도 있지만, 친미 정권이라는 점에서는 별반 다를 게 없습니다."

미국도 뭔가를 더 얻을 수 있느냐 없느냐의 문제일 뿐, 일본이 미국의 품에서 벗어날 거라고는 생각하지 않고 있을 것이다.

"그런 상황에서 한국이 적대적 포지션을 유지한다면 답은 뻔하죠."

아마도 야베는 자신이 적대적 포지션을 유지하면 당연히 한국이 미국에 매달려서 살려 달라고 깽깽거릴 거라 생각했겠지만…….

'애석하게도 그건 아니란 말이지.'

한국 사람들은 목에 칼이 들어와도 아닌 건 아닌 거다.

좋게 말하면 자주성이 강한 거고 나쁘게 말하면 반골 기질이 강한 거다.

어찌 되었건 그들의 추측과 다르게 한국은 극단적 싸움을 준비하는 것처럼 보였고, 야베는 그에 대응할 수밖에 없었다.

미국이 생각보다 뭉그적거리고 있었으니까.

"거기에다 우리가 데프콘을 걸게 되면 미국에 전시 작전권이 넘어가니까요."

당연히 미국 입장에서는 강제로 일본과의 싸움에 말려들어 가게 된다.

"이참에 전시 작전권을 찾아오시면 됩니다."

한 번도 아니고 두 번이나 강제로 끌려들어 간 미국은 당연히 전시 작전권을 찾아가라고 성화를 부릴 테고, 한국 내부에 있는 친일파 세력도 사라졌으니 그 전시 작전권 회수는 어렵지 않은 일이 될 것이다.

"하지만 여전히 문제가 없는 것은 아닐세. 자네도 알다시피 우리가 진짜 상륙할 계획은 없지 않나?"

한국에서 가짜 상륙 계획을 만들고 그걸 흘린 건, 현재 경제적 몰락 상황에 있는 일본에 타격을 주기 위해서였다.

상륙작전을 막기 위해서는 병력을 모아야 하고, 그들을 먹여 주고 재워 주고 훈련시켜야 한다.

그 비용은 생각보다 많이 든다.

한국 지상군을 줄이면 항모를 운영할 수 있다는 게 농담이 아닌 것이다.

거기에다 그들에게 주는 전쟁용 군수물자는 부족한 게 사실이다.

그런 상황에서 상륙 방어용의 벙커까지 쌓아야 하니 내부적으로 자산이 부족해지는 것은 당연한 일이다.

"우리가 경제적으로 타격을 입히기는 했지만 그것만 가지고 야베가 물러날 것 같지는 않은데?"

그랬다면 이미 벌써 수많은 독재자들이 물러났어야 했다.

대부분의 독재자들은 국민들이 굶어 죽어 나자빠지는 상황에서도 물러나지 않는다.

"압니다. 하지만 한 가지는 확실해졌지요. 야베는 이제 일본 내부에서 지지를 잃었습니다."

정신적인 지주였던 일왕가를 내쳤다.

그리고 강제로 젊은 사람들을 끌고 갔다.

물론 끌고 간 것은 야베가 아니라 극우 세력이지만, 그들이 동원된 곳은 방어선을 쌓기 위한 전선이다.

"거기에 강제 징발도 이루어졌으니까요."

수입과 수출이 거의 불가능해진 일본이다.

일본의 자급률은 그다지 높지 않다.

물론 주식인 쌀에 대해서는 상당히 높은 자급률을 보이겠지만, 현실적으로 그 외의 물건들은 자급률이 무척이나 낮을 수밖에 없다.

"아마 슬슬 기름도 떨어져 갈 테고요."

"기름? 아하!"

석유는 현대 문물에 있어서 절대적으로 필요한 자산이다.

미국만 해도 기름이 없으면 완전히 시스템이 붕괴된다.

그렇지 않은 나라가 없다.

"제가 상륙 준비를 하라고 말씀드린 것은 단순히 경제적 압박 때문만은 아닙니다."

"군수물자의 비축이 우선시되겠군."

"마치 북한처럼 말이지요."

북한은 모든 것이 군수물자를 우선으로 돌아간다.

당연히 그 과정에서 최우선 비축 대상은 바로 기름이다.

"이미 알아봤습니다. 현재 일본에 기름을 판매하는 나라는, 쿠데타 이후에는 없습니다."

향후 엔화가 어찌 될지 알 수가 없는 데다가 그 쿠데타가 성공할지도 알 수가 없다.

그 전 정권과 맺어진 계약은 당연히 중지되었기에, 현재 일본으로 들어간 기름은 그날 이후로 거의 없다고 봐야 할 것이다.

"아마도 원래 야베의 생각대로라면 이 정도는 아니었을 겁니다."

하지만 한국이 임시정부를 다른 어떤 나라보다 먼저 승인하면서 상황이 돌변한 것이다.

임시정부가 승인되지 않았다면 자국 내의 문제로 남았겠지만, 임시정부가 승인되면서 한국도 일본의 문제에 얽히고 말았으니까.

"아마 대충 계산하면 기름이 대략 20일 치쯤 남아 있지 않을까요?"

그리고 한국이 상륙할 거라 생각되는 상황.

그러면 답이 나온다.

"기름이 군수물자로 통제되기 시작할 겁니다."

⚖

"판매하겠다는 곳이 없습니다."

"큭……."

"더군다나 이번에도 마이스터가 문제입니다."

미다스가 발견해 내서 전 세계를 뒤흔들었던 유정이 멀쩡하게 돌아가고 있는 상황에서 또다시 당할 수는 없기에, 전쟁의 대상이 된 일본에 극도로 조심하는 분위기가 파다해지자 기름을 구할 곳이 없게 되어 버렸다.

"이건…… 진짜……."

자신의 계획과 다르게 모든 게 틀어지기 시작하자 야베는 입술이 바짝바짝 말랐다.

원래대로라면 지금쯤이면 새로운 나라를 공표하고 신국가의 발표를 했어야 했다.

그런데 노형진 때문에 그러지 못하고 있는 상황.

"지금이라도 신국가를 발표하는 게 어떤가?"

"안 됩니다. 그나마 우리가 지금 버티는 건 신국가 발표를 하지 않고 있어서입니다."

국민들에게 엔화를 지급하면서 식량과 장비를 징발하고 있다.

그런 상황에서 신국가 발표를 하고 화폐를 개혁한다고 하면 당연히 그들이 지급해 온 돈은 몽땅 휴지가 된다.

그러면 국민들이 가만있을 리가 없다.

"신국가 발표는 어느 정도 안정이 되고 나서……."

"그놈의 안정은 언제 되는 건데!"

"……."

"젠장, 기름은 얼마나 남았나?"

"앞으로 대략 25일어치 정도입니다."

"고작?"

"원래 계약한 나라들이 입항을 거부하고 떠났습니다. 달러를 바로 입금시켜 주지 않으면 떠나겠다고……."

그동안은 엔화가 국제통화였기 때문에 엔화로 지급해도 문제 될 것이 없었다.

하지만 이제 엔화에 대한 믿음은 상당히 흔들린 상황이고, 당연히 다들 그 엔화 수령을 거부했다.

그래서 달러를 달라는 건데, 야베는 지금 상황에서 버티기 위해서는 달러를 최대한 쥐고 있어야 한다는 걸 잘 알고 있기에 줄 수가 없었다.

결국 야베는 어쩔 수 없이 최악의 선택을 해야만 했다.

"현 시간부터 모든 자가용의 운용을 멈춘다."

"네?"

"기름을 아껴야 하니 남은 기름은 모두 군사용으로 전용하고, 시중에는 최소한의 기름만 분배한다. 자가용뿐만 아니라 필수적이지 않은 모든 전기는 끊어 버린다."

"하, 하지만……."

그렇게 되면 사회가 제대로 돌아가지 못한다.

일본의 경제가 몰락하는 상황에서 그나마 사람들이 일본에 기대는 것은, 이 와중에도 기업들이 멀쩡하게 굴러가고 있다는 사실뿐이었다.

"어쩔 수 없어. 한국군이 상륙하면 전쟁을 해야 하는데, 기름도 없이 어떻게 전쟁할 생각인가!"

"……."

"도대체 한국은 왜 똑같이 피해를 입지 않는 거야!"

전쟁의 위협은 한국도 마찬가지다.

그런 상황에서 도대체 왜 한국은 피해를 입지 않는 건지, 야베는 속이 터지는 것 같았다.

"일부 기업에서는 위험성 때문에 판매를 보류했습니다만……."

"그런데?"

"미다스가 소유한 곳에서 모든 생산량을 한국으로 돌렸습니다."

"뭐?"

그곳에서 생산되는 양만으로도 한국은 충분히 버틸 만하다.

생산량을 늘려 가면서 공급한다면 더더욱 말이다.

"격침시키거나 나포할 수는 없는 거야?"

"총리님, 미다스의 기업은 미국 기업입니다."

당연히 그걸 운송하는 유조선도 미국의 선박이다.

만일 미국의 선박을 격침시키거나 나포한다?

이건 대놓고 미국이랑 전쟁하겠다는 꼴이다.

"그걸 알아서 그런지, 다른 기업들도 미국 소속의 유조선으로 기름을 나르기 시작했습니다."

그리고 기름을 판매하는 기업들은 기본적으로 거대한 규

모를 가질 수밖에 없다.

당연히 각 나라의 정치적, 군사적 문제에 대한 충분한 정보를 가지고 있다.

한국과 일본이 싸우면 비등하다는 걸 알지만, 현실적으로 정당성이 야베가 아니라 한국에 있다는 것 또한 안다.

"돌겠군."

야베는 입술이 바짝바짝 말랐다.

그러나 그의 고민은 지금부터가 시작이었다.

"야베 총리님! 큰일 났습니다!"

"큰일? 무슨 큰일?"

"영국이 요히토의 임시정부를 승인했습니다!"

모두가 자리에서 벌떡 일어났다.

며칠 전 노형진은 주한 영국 대사를 찾아갔다.

주한 영국 대사는 그를 아주 반갑게 맞이했다.

"미스터 노, 오래만입니다."

"네. 별일은 없으신가요?"

"저는 별일 없지요."

노형진의 말에 영국 대사인 브린스는 미소를 지었다.

"요즘 일본 때문에 아주 난리지요?"

"그렇습니다. 그것 때문에 찾아뵈었습니다만."

"역시 일본 정부의 승인 문제인가요?"

"그렇습니다. 잘 아시는군요."

"주일 영국 대사관에는 거의 매일 일본 정부…… 아니, 표현을 뭐라고 해야 할까요? 쿠데타 세력이라고 하는 게 맞겠군요. 그들이 찾아온다고 합니다. 국가로 인정해 달라는 거죠."

물꼬라는 게 있다.

논에 물을 끌어다 놓은 입구를 물꼬라고 하는데, 한국 속담 중에 한번 물꼬가 터지면 계속 물이 들어온다는 말이 있다.

어떤 나라든 한 곳에서 일단 국가로 인정받으면 다른 나라들에서 인정받기 좀 더 쉬워진다.

그리고 그 첫 국가는 당연히 강대국 중 하나여야 한다.

"하지만 저희 입장에서는 말도 안 되는 소리죠."

개국 이후에 와서 부탁해도 해 줄까 말까 한 일이다.

그런데 개국도 전에 그런 요구를 한다?

더군다나 그 과정에서 빚은 모조리 날려 버린다는 황당한 조건은, 받아들이려야 받아들일 수 없는 이야기다.

"그렇다면 반대의 부탁을 해 드려도 될까요?"

"반대?"

"요히토의 임시정부를 적통 정부로 인정해 주실 수 있겠습니까?"

"흠……."

그건 또 애매한 문제다.

요히토가 다시 돌아가서 권력을 잡는다면 분명히 자신들의 자산은 안전해지겠지만…….

"요히토에게는 권력이 없지 않습니까?"

아예 아무런 방법도 없는 게 요히토다.

"물론 한국이 요히토 측과 손잡고 상륙하려는 분위기를 잡고 있기는 하지만."

애매하다. 분위기는 그런데 아직 데프콘 3에 들어가지는 않았다.

공식적으로 한국은 안전을 위한 군부대 이동이라고 발표했을 뿐이다.

"더군다나 일본에 상륙하는 것도 국제적인 문제라……."

아무리 요히토가 정당한 권력을 가진 일왕가의 사람이라고 해도, 그는 아직 왕이 아니었다.

그런 그가 다른 나라와 손잡고 일본을 침략한다?

그건 나중에 문제가 될 가능성이 높다.

"그리고 한국이 일본에서 그렇게 순순히 물러날지……."

브린스는 한국과 일본의 적대적 관계에 대해 잘 알고 있다.

한국은 일제강점기의 일로 일본을 무척이나 싫어하고, 일본은 자신들의 노예였던 한국이 자신들을 꺾고 있다는 사실에 심각한 자격지심을 가지고 있다.

"그러면 한국이 결국 일본을 흡수 지배할 수도 있는데……."

그건 심각한 문제가 된다.

까딱 잘못하면 한국이 패권국이 되어서 세계의 균형을 흔들 수도 있는 그런 문제다.

"저희는 그 방사능 덩어리 나라에 관심이 없습니다."

노형진은 단호하게 선을 그었다.

물론 영토에 관심을 가진다면 노릴 수 있을지도 모른다.

하지만 지금 일본은 이득보다는 손실이 많은 땅이다.

당장 방사능 이후에 엄청나게 늘어나는 암 환자들의 치료비 문제도 있고, 자주 일어나는 지진 등에 대한 문제도 있다.

"저희가 거기를 먹으면 다른 나라에서 그 나라의 빚을 책임지라고 할 텐데, 그게 가능하겠습니까?"

득보다 실이 많은 곳이 일본이고, 그걸 굳이 먹을 생각은 한국의 누구도 하지 않고 있었다.

"한국도 전쟁은 피하고자 합니다. 그 때문에 최선을 다해서 막으려고 하고 있고요."

"그건 알고 있습니다만."

아무리 일본에 미사일이 없어서 공격이 불가능하다고 하지만, 결국 전쟁이라는 것 자체가 상대방에게 피해를 줄 수밖에 없는 일이다.

설사 물리적 타격이 아니라 할지라도 경제적 타격은 피할 수가 없는 것이 현실.

"그리고 그건 전 세계에 문제가 되지요."

한국이 전 세계에서 차지하는 비중은 어마어마하다.

특히 IT 쪽에서는 절대적 비중을 차지하고 있기 때문에, 한국이 전쟁에 돌입하면 세계경제에 치명타가 될 가능성이 높다.

"그래서 드리는 말씀인데, 이 싸움을 일찍 정리하기 위해서는 영국의 도움이 필요합니다."

"저희의 도움이요?"

"네. 영국에서 망명정부를 인정해 주신다면 큰 도움이 될 겁니다."

"흠……."

영국이 중요한 건 단순히 영국 하나만이 아니기 때문이다.

영국의 통치 아래에 있던 나라들은 영연방이라는 하나의 기치 아래 모여 있다.

물론 명목상의 이름일 뿐이라고 하지만, 국제사회에서는 그런 명목이 중요하다.

'그 영연방에 속한 나라에서는 당연히 영국을 따라 이쪽을 승인해 주겠지.'

그리고 그렇게 되면 무게 추는 한꺼번에 이쪽으로 쏠릴 수밖에 없다.

"제가 영국을 도와드린 것도 있지 않습니까?"

"끄응…… 그렇지요."

대사는 노형진의 말에 고개를 끄덕거렸다.

그게 사실이다.

영국의 한 지역이 통째로 이슬람 세력의 성 노예가 될 뻔한 걸 구해 준 게 바로 노형진이었다.

"하지만 우리만으로는 힘이 모자랄 텐데요?"

"걱정하지 마십시오. 러시아도 도와줄 겁니다."

"러시아요?"

"네. 러시아가 함대를 전진 배치할 겁니다."

"설마 러시아가 전쟁을?"

"아니요. 그건 아닙니다. 하지만 러시아 입장에서는 쿠릴열도를 지켜야 하니까요."

일본이 타국이 실질적으로 지배하는 영토를 가지고 싸움을 거는 것은 한국뿐이 아니다.

러시아와는 쿠릴열도 문제로 싸우고 있고, 한국과는 독도 문제로 싸우고 있으며, 중국과는 조어도 문제로 싸우고 있다.

"설마……?"

"모두 함대를 전진 배치할 겁니다."

이미 한국의 대사들이 다급하게 뛰어다니고 있다.

그렇게 되면 어떻게 될까?

"야베 입장에서는 치명적이겠네요."

"아마도 영국의 마지막 선택이 그들의 숨통을 끊어 버리는 결과를 낳지 않을까 싶네요."

이러한 계획을 이야기했을 때 중국과 러시아는 두 손을 들어 환영했다.

사실 속한 집단이 다른 일본과 중국 그리고 러시아는 사이가 안 좋을 수밖에 없으니까.

"전쟁은 하지 않습니다."

하지만 일본의 국민들이 진짜로 전쟁이 벌어질 것처럼 느끼게 하는 것은 어렵지 않다.

"그다지 고민할 것도 없을 것 같군요."

국제적으로 그 정도의 이야기가 끝나 있는 상황이라면 고민할 이유는 없다.

"본국에 이야기해서 바로 승인받는 쪽으로 하지요. 그렇잖아도 본국에서도 야베를 그다지 좋아하지 않는 상황이거든요."

"그런가요?"

"당연한 거 아닙니까? 영국도 입헌군주국입니다."

그런데 왕을 몰아내고 스스로 새로운 왕이 된다고 한다.

전통적인 입헌군주국인 영국 입장에서는 그게 결코 좋게 보일 수가 없다.

더군다나 일왕은 허수아비인 것을 누구나 알고 있는데, 그 동안 벌어진 범죄와 경제적 실책에 대한 모든 죄를 그에게 뒤집어씌우는 상황이니까.

'확실히 아무리 입헌군주제라고 해도 영국 왕실 입장에서

는 좋게 볼 수가 없지.'

더군다나 잘못도 없는 왕실이 죄를 뒤집어쓰고 죽는다는 것은 더더욱 불편할 수밖에 없다.

"그러니 어렵지 않게 승인이 날 것 같습니다. 하지만 과연 그것만으로 전쟁을 피할 수 있겠습니까?"

"피할 수 있습니다."

노형진은 고개를 끄덕거렸다.

"민주주의는 피를 먹고 자라니까요."

⚖

"뭐? 중국과 러시아의 함대가 전진했다고?"

"한국만으로도 버거워 죽겠는데 중국과 러시아까지?"

징집병들 사이에서는 불만이 터져 나왔다.

그리고 공포가 번지기 시작했다.

철저하게 소문을 막고 있다고 하지만 완벽하게 막는 것은 불가능했다.

'현실과 게임은 다르니까. 멍청한 놈들. 그러니까 입만 살아 가지고는.'

평소에 조센징을 몰아내자고, 조센징 여자는 강간하고 죽이자고 떠드는 놈들이 공포에 찌들어서 벌벌 떠는 꼴을 요시로는 비웃음을 삼키며 바라보았다.

'노 변호사님 말씀이 맞네.'

대국적인 것을 외치며 거기에 헌신하는 놈들은 정작 별 볼 일 없는 놈들이 대부분이다.

자신이 완성되지 않은 상황에서 자신의 부족함을 감추기 위해 절대 해결할 수 없는 무언가에 매달린다고 했다.

물론 자신을 완성하고 해결할 수 없는 사회적 문제에 매달리는 사람도 있기는 하다.

하지만 그런 사람들은 사회적으로 최소한 안정되고 주변에서 인정받는 사람들이라고 했다.

'그런데 이놈들은…….'

주변에서 인정받을 만한 놈들이 아니다.

조금만 분위기를 이끌면 선동당하고, 온통 불만만 가득하다.

입으로는 조국이 어쩌고저쩌고하면서 작은 불이익에 대해서도 예민하게 받아들인다.

'그리고 거의 대부분을 차지하는 세력.'

그들에게 끌려서 강제로 온 일본인들.

강제로 차출된 그들은 자위대에도, 그리고 자신들을 끌고 온 극우 세력에도 그다지 호의적이지 않았다.

'그들이 슬슬 따로 모이고 있고.'

그래서 현재 내부에는 세 개의 큰 세력이 있었다.

첫 번째는 자위대.

그들은 자신들이 권력을 가지고 있는 상급자라 생각한다.

두 번째는 극우 세력.

그들은 자신들이 나라를 위해 모인 것이니만큼, 나라에서 자신들에게 뭐든 해 줘야 한다고 생각한다.

세 번째는 강제로 징집된 사람들.

그들은 양쪽 다 싫어하고 두려워하며 공포감을 가지고 있을 뿐이다.

"요시로, 그 소문 들었어?"

곰곰이 생각에 잠겨 있던 요시로에게 다가오며 말을 거는 남자.

그나마 친한 사람 중 한 명이었다.

"무슨 소문?"

"중국이랑 러시아에서 가까운 도시에 있는 사람들을 대피시킨대."

"그게 무슨 말이야?"

"한국이 그들과 손잡고 상륙 준비를 한다나 봐. 그래서 도시에 있는 사람들을 대피시킨대."

"헐."

"무섭지 않냐?"

'무섭기는 개뿔.'

그 소문의 진원지가 바로 요시로 본인이었다.

물론 그것 거짓말이다.

중국과 러시아가 영토 분쟁에서 우위에 서기 위해 함대를 전진 배치한 것은 사실이지만, 그들이 진짜로 일본과 전쟁을 벌이려고 할 가능성은 높지 않다.

'중요한 건 소문이지.'

어찌 되었건 그런 소문이 돌았고, 특히 해안가에 집이 있는 사람들은 공포에 부들부들 떨 수밖에 없었다.

"러시아에서 몰려오면 여자들은 다 강간당한다면서?"

"그러겠지. 독일이 2차대전 때 그랬잖아. 여자라면 다 강간당했다잖아."

"미치겠네……."

남자는 머리를 부여잡았다.

그의 여동생들이 해안가 도시에 살고 있으니까.

그것도 러시아에 가까운 쪽에.

"무조건 대피하라고 해. 도쿄 쪽으로 가면…… 일단 수도잖아. 방어선을 다 뚫고 들어와야 하는데 뭔 일이 나겠어?"

"그러겠지?"

"그래. 그런 가족들을 위해 우리도 힘을 내자고."

요시로는 입으로는 그렇게 말했지만 이미 그의 마음속은 다른 생각으로 가득 차고 있었다.

'나를 더 믿어라. 그래야 결정적인 순간에 이용해 먹지, 후후후.'

⚖

"해안가 도시들이 텅 비기 시작했습니다."

중국과 러시아 함대의 전진 배치. 그건 공포에 찌든 일본인들을 자극했다.

물론 끝까지 남겠다고 하면서 도시에 남은 사람들이 없는 것은 아니지만 겁먹은 사람들이 그곳을 빠져나가기 시작하는 것은 어쩔 수 없었다.

그리고 그 불안의 이면에서는 야베에 대한 분노가 쌓이고 있었다.

"그곳을 그냥 비워 둘 수는 없습니다, 총리님!"

"하지만 그런 곳에 병력을 배치하는 것도 한계가 있습니다."

"우리는 한국의 상륙군을 막아야 한단 말입니다!"

"한국은 그렇다고 쳐도, 러시아는 대체 어떻게 막을 겁니까?"

"미국에서 도와주지 않을까요?"

"미국 입장에서 우리는 상호방위조약을 맺은 정권이 아닙니다. 개국 선언만 하지 않았을 뿐 모든 걸 부정한다고 다 이야기해 놨는데 미국에서 함대를 보내서 보호해 줄 리 있습니까?"

"그러면 어쩌자는 거요? 그냥 이대로 당하자는 거요?"

불만이 가득한 사람들은 서로가 서로를 공격하면서 어떻게 해서든 그 불만과 공포를 떨쳐 내려고 몸부림쳤다.

사람이 예민해진다는 것. 그건 뭔가를 두려워한다는 뜻이기도 하다.

평소에도 치열한 파벌 싸움이 벌어지는 일본 내부에서 그렇게 이권을 가지고 싸우는 사람들이 생기자 운영은 더 개판이 되어 갔다.

"다른 나라들에서도 속속 한국에 있는 망명정부를 승인하기 시작했습니다."

"……."

사실상 야베를 인정할 정부는 거의 없는 것이나 마찬가지였다.

설사 작은 나라 한두 개에서 인정한다고 해도, 그들은 자신들을 도울 정도의 힘이 없었다.

"젠장…… 이제는 어쩌지?"

야베는 자신도 모르게 그렇게 중얼거릴 수밖에 없었다.

"마지막 계획은 바로 시민혁명입니다."

노형진이 이 복잡하고도 치밀한 계획을 만든 이유는 간단하다. 시민혁명을 유도하기 위해서다.

"민주주의는 피를 먹고 자란다. 틀린 말은 아니지요."

피로써 권리를 쟁취한 사람들은 그 권리를 안다.

하지만 일본은 단 한 번도 그런 피를 흘려 본 적이 없다.

"일본의 다른 별명은 돈 많은 북한이지요. 그곳에는 민주주의가 없으니까요."

당연하다.

그들의 민주주의는 쟁취한 것이 아니라 주어진 것이다.

전쟁이 끝나고 전범들이 사라졌지만, 귀족주의가 사라진 것은 아니었다.

그 상황에서 투표가 진행되었다.

당연히 그 당시의 일반적인 일본인들은 학식이고 뭐고 없었고, 사실상 노예나 다름없었다.

투표에 참가할 수 있었던 것은 그 당시에 소위 귀족층이라고 하는 지배자 계층 내에서도 살아남은 소수의 사람들뿐이었기에, 그들이 권력을 잡고 시스템을 만들어 내면서 결과적으로 일본은 말로만 민주주의인 유사 민주주의국가가 되었다.

"하지만 이번에는 코너에 몰렸지요."

지금까지는 다들 참으며 살아왔다.

그럴 수 있었다.

그동안 경제성장을 해 왔고, 불경기가 닥치고는 국뽕에 눈이 멀었다.

"하지만 이번에는 확실하게 몸에 와닿는 불이익이 오는 거군."

"맞습니다."

자식이나 남편에 대한 강제징집, 재산의 몰수, 전 재산의 상실 위험, 거기에다 전쟁까지.

"충분히 저들이 들고일어날 가능성이 있습니다."
"원래 첫 번째가 중요하지."
초반에 제대로 통제를 못하면 이 불만은 걷잡을 수 없이 퍼질 수밖에 없다.
당연히 야베 입장에서는 그걸 막아야 한다.
"그 방법은 무력이겠군."
"그렇겠지요. 하지만 그 무력행사가 쉬울까요?"
과연 쉬울까?
일본은 민주주의국가다.
물론 일본인은 그걸 머리로만 생각할 뿐 이해하지는 못하고 있기는 하다. 하지만 개념으로나마 모든 권리는 국민에게서 나온다는 민주주의를 아는 것은 그 저항의 불씨가 된다.
대표적인 예가 바로 중동이다.
중동은 대부분이 독재국가이다.
그런데 그들은 개념만으로 혁명을 일으켜서 국가를 뒤집는 데 성공한다.
다만 그 이후에 들어선 세력이 병신이어서 문제지만.
"국민들이 반란을 일으키면 야베는 코너에 몰릴 수밖에 없습니다."
"그럴 수밖에 없지."
노형진의 말에 박기훈은 고개를 끄덕거렸다.
"하지만 그 시작을 누가 하는데? 그게 중요하지 않나?"

시위하는 것을 사회적인 민폐라고 생각하는 사람들이 바로 일본의 국민들이다.

그들이 알아서 시위를 시작할 가능성은 그다지 높지 않다.

"그건 모르죠."

"모른다고?"

"제가 줄 수 있는 건 기회뿐입니다."

지금까지 분위기를 만들고 정당한 이유까지 만들었다.

"일본의 인터넷을 통해 시위 장소를 뿌릴 겁니다. 거기에 참석을 원하는 사람만 몰려들겠지요."

그러나 만일 참가자가 없거나 너무 적어서 의미가 없는 수준이라면?

"그때는 일본을 확실하게 몰락시켜 버리는 수밖에요."

물론 노형진이 그걸 원하는 건 아니었다.

감정이야 둘째 치고, 어찌 되었건 일본과 한국은 파트너다. 경제적 부분에 있어서 두 나라는 서로의 손을 잡을 수밖에 없는 게 현실.

"일본 사람들이 제발 기회를 잡기를 기도해야겠군."

박기훈은 씁쓸하게 웃으며 말했다.

⚖

얼마 후 일본에서는 시위가 벌어진다는 정보가 빠르게 퍼

지기 시작했다.

그 장소는 다름 아닌 시모노세키. 일본의 대표적인 항구도시였다.

그러나 일본 정부는 이를 무시했다.

'어차피 거의 오지 않을 것이다.'라는 게 그들의 생각이었으니까.

실제로 일본에서는 시위가 거의 의미 없는 게, 일본에서 뉴스에 나올 정도의 시위는 오로지 극우 세력의 시위뿐이다.

그나마 뭘 고치려고 하는 시위가 없었던 것은 아니나 그 숫자가 잘해 봐야 5천 명 정도이다 보니 그들이 정부에 가지는 힘은 거의 없다고 봐도 무방했다.

더군다나 차량 통제가 이루어지고 많은 사람들이 움직이지 못하는 상황에서의 시위라니.

잘해 봐야 3천 명 정도가 한계라 생각했다.

하지만 그건 야베의 잘못된 판단이었다.

구석에 몰린 쥐는 사람을 무는 법이다.

확실하게 몸으로 나라가 망해 가고 있다는 걸 느낀 사람들, 특히 자식들이 전쟁터에 총알받이로 끌려간 사람들이 조금씩 모여들기 시작했고 시위가 시작되는 그날에는 무려 3만 명이나 되는 사람들이 현장에 나타났다.

"뭐? 3만!"

"그렇습니다."

3만이라는 시위대가 꾸려졌다고 하자 야베는 숨이 턱 막혔다.

"그리고 그들은 촛불을 들고 시위하고 있습니다."

"촛불시위……."

한국에서 홍안수를 몰아내는 데 일조한 시위이자 전 세계적으로 유명한 평화 시위다.

"이미 다른 나라에서는 중계 중입니다."

"이런 미친……."

이제는 이걸 때려잡을 수도 없는 상황이 되어 버렸다.

"그놈들의 요구 조건이 뭔데?"

"우리가 물러나고 천황 일가를 다시 모셔 오라는……."

"말이 되는 소리를 하라고 해!"

그건 야베 일파의 확실한 멸망을 뜻한다.

단순히 야베 일파가 문제가 아니라, 경제를 이 정도로 박살을 낸 상황이니 극우 세력은 앞으로 영원히 권력을 잡지 못하게 된다.

모든 게 조용한 일본인이지만, 또 한편으로는 원한을 절대로 잊어버리지 않는 게 일본인이다.

"어떻게 해서든 막아!"

"하지만 그걸 막기 위해서는 경찰 병력뿐만 아니라 군 병력도 투입해야 합니다."

"뭐? 그게 무슨 소리야?"

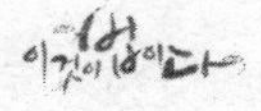

"그 안에 무장 세력이 있습니다."
"……!"
야베의 눈이 있는 대로 커졌다.
그건 진짜 생각해 보지 못한 부분이었으니까.
"아마도 극우 세력의 총기 중 일부가 넘어갔다고 생각됩니다만……."
"어차피 실탄도 없는 새끼들 아니야?"
"실탄이…… 있습니다."
"뭐?"
"실탄이 있었습니다. 이미 확인되었습니다. 다만 수량은 명확하지 않습니다만."
"큭."
이러면 상황이 곤란해진다.
진압을 하자니 저쪽은 총으로 무장하고 있다.
피해 없이 제압하려면 장갑차 같은 걸 투입해야 하는데, 그건 결과적으로 민간인에게 총격을 하겠다는 소리다.
물론 저들이 먼저 공격한다면 이야기가 달라지겠지만, 과연 그럴까?
"상황이 좋지 않습니다, 총리님."
야베는 정신이 번쩍 들었다.
어차피 이판사판이다.
이미 다른 나라들은 일본, 아니 야베의 정권을 인정하지 않는 분위기로 흘러가고 있고, 권력을 잃어버린다면 그건 야베에게 사형선고나 마찬가지였다.

"당장 거기에 자위대를 배치해."

"네?"

"어차피 이쯤 되면 갈 곳은 없어. 애초에 민주주의국가를 만들 생각도 없었고."

야베는 가능하면 왕정 국가, 최소한 독재국가를 만들 생각이었다. 그러니 차라리 이번 기회에 국민들에게 누가 주인인지 한번 알려 주는 게 낫겠다고 생각했다.

"가서 저항하는 놈들을 모조리 때려눕혀. 총기 사용도 허가한다."

자리에 있던 모두가 침을 꿀꺽 삼켰다.

⚖

시위가 계속되고 결국 군부대가 집결하자, 다들 우려 섞인 표정으로 일본을 바라보기 시작했다.

전 세계 3위의 경제 대국이었던 일본. 그랬던 일본이 독재국가의 몰락 과정을 차근차근 밟아 가는 것을 보면서 다들 놀라워했고 또 우려했다.

그렇게 독재국가가 되면 무너지는 것은 순식간이었기 때문이다.

그리고 그걸 가장 우려 섞인 표정으로 지켜보는 것은 다름 아닌 미국이었다.

미국은 너무 놀라서 당장 그만두라고 압박했지만, 야베는 멈추지 않았다.

멈출 수가 없었다.

"젠장! 미친놈! 야베 이놈은 도대체 뭘 하겠다는 거야?"

"극단적 독재로 넘어갈 듯합니다. 거의 확실합니다."

"그 이후의 예상은?"

미국의 대통령인 도널드 올드먼은 자신의 얼마 남지 않은 머리카락을 헝클어 대며 신경질적으로 외쳤다.

그는 사업가였기에, 그렇잖아도 그 난리에 손실을 입고 있는데 독재까지 하려는 야베가 좋게 보일 리가 없었다.

"우리의 말을 무시하고 있습니다. 분석에 따르면 독재 이후에 자연스럽게 핵폭탄의 개발이 이어질 거라 예상됩니다."

"뭐? 안 돼!"

"하지만 막을 수가 없습니다. 현재 저희가 확보한 정보에 따르면 일본은 50킬로톤 기준의 핵폭탄을 총 여든 개 제조할 수 있는 양의 핵 물질을 준비해 두었습니다."

"이런 미친 새끼가!"

정말 그렇게 되면 진짜로 문제가 생긴다.

한국이 일본의 핵무장을 구경만 하고 있지 않을 테고, 당연히 자신들도 핵무장을 주장할 것이다.

그러면 북한은 대놓고 핵을 만들어 대기 시작할 게 뻔하다.

중국과 러시아 역시 이 문제를 심각하게 바라볼 테고, 동남아 국가들은 애초에 태국을 제외하고는 일본과 사이가 좋지 않았으니 당연히 그들도 핵무장을 외치기 시작할 것이다.

전 세계적인 핵무장 바람이 불면 그 부담은 어마어마할 수밖에 없다.

"야베는 더 이상 우리 쪽 사람이 아닙니다. 적성국으로 분류하고 처리해야 합니다."

"후세인처럼 말인가?"

"그렇습니다."

이라크의 후세인도 처음에는 미국의 도움으로 권력을 잡은 자였다.

하지만 나중에 관계가 삐끗하면서 반미 독재자가 되어 버린 것이다.

"끄응…… 망할 야베 놈 같으니."

도널드 올드먼은 이를 뿌드득 갈았다.

"암살이라도 해야 하나?"

"필요하다면 그것도 가능하지만, 일단은 다른 방법이 좋을 것 같습니다."

"뭔데?"

"한국에 있는 일본의 임시정부 수반인 요히토가 상호방위조약의 이행을 요구해 왔습니다."

"상호방위조약?"
"그렇습니다."
상호방위조약.
한쪽이 공격받는 경우 군사적으로 서로 돕겠다는 두 나라 간의 국제적인 약속.
"하지만 이 경우는 내전 아닌가?"
"이 부분이 애매합니다만…… 내전의 경우 끼어들지 않는다는 조항은 없습니다."
즉, 정당한 일본 정부의 요구라면 상호방위조약의 이행은 문제 될 것이 없다는 것이다.
단 하나만 빼고 말이다.
"하지만 병력이 부족하지 않나?"
"일본에 주일 미군이 있기는 하지만……."
그들은 대부분 해상 전력과 공군 전력이다.
지상 전력이 없는 그들이 상호방위조약에 따라 전쟁에 끼어들 수는 없다.
"요히토 측의 요구는 야베 정권과 싸워 달라는 게 아니라, 시위대의 안전을 확보해 달라는 것입니다."
"그게 그거잖아!"
물론 야베가 미치지 않고서야 미군을 공격하지는 않겠지만, 정작 시위는 땅에서 벌어진다.
즉, 상륙할 상륙부대가 필요하다는 거다.

“그 부분에서 한국에 도움을 요청하는 게 어떨까요?”

“뭐? 한국?”

“지금 한국은 모든 출동 준비가 끝나 있습니다.”

이미 그들은 한국이 뻥카를 쓰고 있다는 것도 알고 있고 실제로는 상륙 계획이 없다는 것도 알고 있다.

상륙전을 하게 되면 어마어마한 피해 발생이 확실하기 때문이다.

그에 속아서 일본과 야베가 어마어마한 손실을 입었다는 것 또한 알고 있다.

“그들을 이송하는 겁니다.”

“자세하게 이야기해 봐.”

도널드 올드먼은 관심이 가는 표정이었다.

“아시겠지만 한국은 전 세계적으로 지상군이 강한 나라입니다. 그러나 극단적으로 공격성이 강한 군대는 아니지요.”

전 세계에서 가장 학력이 높은 군대. 그게 바로 대한민국군이다.

“따라서 그들을 투입한다고 해도 일본에서 문제가 생길 가능성은 낮습니다.”

무차별적으로 원한을 가지고 일본 주민을 학살하거나 강간하거나 할 가능성은 낮은 게 사실이다.

“만일 한국군이 아무런 피해도 없이 상륙할 수 있다면? 야베 입장에서는 막을 방법이 없습니다.”

"우리가 이송해 준다 이거군."
"맞습니다."
"으음……."
"그리고 그걸 노리고 시위가 시모노세키에서 벌어진 것일 가능성이 높습니다."
"노렸다?"
"이런 경우 도쿄 같은 대도시에서 시위를 시작하는 것이 정상입니다."
하지만 이번에는 시모노세키라는 항구에서 시작되었다.
좀 뜬금없는 장소다.
도쿄 같은 곳에서 시위를 벌이면 더 많은 사람들이 참가할 텐데, 시모노세키는 그저 중형 도시급이다.
"설마?"
"우리가 수송을 해 주면 일본은 공격 못 합니다. 그리고 일단 상륙하게 되면 한국은 일본 자위대에 비해 절대적으로 유리합니다."
"그렇겠지."
그리고 일왕인 요히토의 말에 따라 한국군이 민간인 시위대에 대한 보호만 하면, 과연 어떻게 될까?
"자위대는 절대 시위를 막지 못합니다."
공격하는 순간 한국 정부와 미국을 공격하는 셈이 되니까.
"그 상황이 되면 자위대가 붕괴될 거라는 정보부의 판단이 있습니다."

"붕괴?"

"현재 자위대는 너무 넓게 퍼져 있습니다."

중국도 견제하고 러시아도 견제하고 한국도 견제해야 하는데 상륙부대까지 등장하면, 다른 지역에서 발생하는 시위를 막을 수가 없다.

"더군다나 그 시위의 주 조종자는 요히토일 가능성이 큽니다."

정확하게는 요히토의 이름을 빌려서 노형진이 시킨 것이지만 말이다.

하지만 미국의 입장에서는 그 뒤에 요히토가 있다고 생각할 수밖에 없다.

"물론 한국의 도움을 어느 정도 받았겠지만 말입니다."

"요히토가 우리와 한국을 이용해서 권력을 되찾으려고 벌인 짓이다?"

"권력을 되찾는다고 볼 수는 없습니다. 어떻게 보면 이 역시 친위 쿠데타라고 볼 수 있습니다."

일왕은 권력이 없다. 허수아비일 뿐이다.

하지만 야베가 쿠데타를 일으켰다.

어떤 나라든, 그런 상황이면 법을 바꿔서 쿠데타를 막으려고 하는 게 정상.

"아마도 일부 법이 개정되면서 일왕가에 어느 정도 힘이 실리는 형태가 될 것입니다."

허수아비가 아니라 실질적인 주인으로서, 최소한 일본 내부에서 일방 세력이 폭주하는 경우 브레이크를 걸 수 있는 존재 정도의 힘은 가지게 될 것이다.

"현 상황에서는 그게 가장 좋은 방법일 듯합니다."

그러지 않으면 일본은 야베 통치하의 독재국가가 되든가 아니면 전 세계에서 인정받지 못하고 봉쇄될 수밖에 없다.

일본을 이용한 대중국 태평양 방어 라인을 구상해 둔 미국의 입장에서는, 경제적 문제도 그렇고 심각한 타격이 된다.

최악의 경우 일본이 중국에 넘어가면 태평양 방어 라인은 무너지게 되니까.

중국은 국제적인 정세 같은 것은 신경도 안 쓰는 나라다.

일본에 국제적으로 인정받지도 못하는 작은 독립 세력이 생겼을 때 그 나라로부터 땅을 구입하여 자신들의 항구로 쓰려고 했던 나라가 바로 중국이다.

그런 그들이 일본을 통째로 먹으려고 하지 않을까?

"그렇다고 우리가 일본의 야베 정부에 숙이고 들어가는 건 의미가 없습니다."

'창피하기도 하고 말이지.'

도널드 올드먼은 이를 뿌드득 갈면서 말했다.

"그러면 방법은 하나뿐이군. 한국과 이야기해서 조용히 진행하도록."

"알겠습니다."

도널드 올드먼의 결정에 장관들은 고개를 끄덕거렸다.

미국 함대의 입항 허가 신청.

아무리 야베가 막장이라고 해도 그걸 막을 수는 없었다.

더군다나 이 상황에서 미국 함대가 들어온다는 것은, 미국이 자신들을 정당한 권력자로 인정하려는 의도일 거라 생각했다.

그러나 상황은 예상과 달랐다.

"얼마?"

"수송선에서 대략 3만 명의 병력이 하선했습니다. 그들은 완전무장한 상태로 현재 시위대를 경호 중입니다."

청천벽력 같은 소리였다.

한국군이 상륙했다, 그것도 미국 선박을 타고 와서.

좋다고 입항 허가를 내려 줬던 야베지만 그 소리에 정신이 아득해졌다.

"그리고 줄줄이 함대가 들어오고 있습니다. 그들은 아예 입항 허가도 요청하지 않았습니다."

그럴 만하다. 이미 한국 병력이 항구를 점령했으니까.

추가 수송은 어려운 일이 아니었다.

물론 그걸 막으려면 막을 수 있다. 미국을 공격해서 말이다.

그러나 야베가 아무리 미쳤다고 해도 미국을 공격하지는 못한다.

설사 공격 명령을 내린다고 해도, 해상자위대가 공격할 리가 없다.

백전백패가 확실한 싸움이다.

미국이 요히토에게 붙었다는 게 확실한 상황에서 공격한다고 한들 달리 바뀌는 것도 없다.

결국 야베의 몰락은 확정적이다.

단 한 가지 희망은…….

"혹시 한국군이 우리를 공격하지는 않나?"

한국군이 선공하는 경우, 이쪽도 미국 눈치를 보지 않고 공격이 가능하다.

그러나 한국도 그러한 사실을 다 알고 있었다.

"철저하게 경호만 하고 있습니다. 그리고…… 탈영이 계속되고 있습니다."

"탈영?"

"네. 국민수비대가……."

극우 세력을 모아서 만든 국민수비대라는 병력.

그 병력이, 한국군이 상륙하자 바로 도주하기 시작했다.

그들은 말로만 싸울 뿐 진짜 싸울 생각은 추호도 없던 자들이다. 그런 그들이니 한국이 이곳을 점령하면 처형될까 두려워 도주하기 시작한 것.

"그 과정에서 총격전이 벌어졌습니다."

"뭐? 그게 무슨 말이야? 총격전이라니!"

아군끼리의 총질은 절대 안 된다. 그런데 총격전이라니?

그러나 이어지는 부하의 말은 생각보다 심각했다.

"탈영하던 국민수비대를 향해, 자위대에서 탈영 저지를 하기 위해 총을 쐈다고 합니다."

그리고 그 소문이 빠르게 퍼졌고, 이제는 자위대 내부에서도 탈영이 계속되고 있다고 한다.

코앞으로 닥쳐온 전쟁.

군인이 아니라 공무원으로서 살아오던 자들에게 그건 너무나 두려운 일이었다.

"이렇게 당할 수는 없어."

야베는 눈을 크게 떴다.

"당장 전군을 동원해서 한국군을 공격한다!"

"총리 각하! 그러면 일반 시민들도 휩쓸립니다!"

"상관없어! 내 편이 아니면 모두 적이야! 다시는 기어오르지 못하도록 깡그리 죽여 버려!"

모두의 눈이 커지는 그 순간 갑자기 문이 벌컥 열렸다.

"뭐 하는 짓인가! 회의 중이라고 하지 않았나!"

무례하게 들어오는 자들에게 일갈을 내뱉던 야베는 아차 싶었다.

자신을 노려보며 들어오는 자들. 그들은 분명 자위대의 복장을 하고 있었다.

"뭐 하는 짓이긴. 반역자를 체포하는 거다."

"무슨 소리야! 명령을 받지 못했나?"

"아, 그 명령! 그 명령을 내린 놈도 지금쯤 체포되었을걸."

"뭐?"

"체포해!"

야베와 그 무리를 강제로 끌어내는 사람들.

"설마 장군만 지배하면 자위대 전체를 지배할 수 있을 거라 생각했나?"

"그, 그건……."

"이미 끝났다, 야베! 너는 반역자일 뿐이야!"

야베는 그대로 털썩 주저앉았다.

자신의 궁이라 생각했던 천황궁. 그곳의 마지막 모습을 눈에 담으며.

"야베가 재판에 들어간다고 하더군."

"아마도 별일이 없다면 사형으로 귀결되겠지요."

큰 피해 없이 끝난 상황이지만 피해가 전혀 없는 것은 아니었다.

특히 일왕을 경호하던 자들은 갑작스러운 야베의 기습에

깡그리 죽어 버렸다.

그나마 다행인 것은 일왕가는 모두 살아남았다는 거다.

"타이토는 재기 불능이겠지만 말이야."

박기훈은 씁쓸하게 말했다.

타이토는 일왕가를 배신하고 야베에게 붙었다.

아무리 협박을 받았다고 해도 이는 큰 문제였기에, 결국 왕족으로서의 자격을 박탈당했다.

"일본에서는 이번 문제로 헌법을 바꿀 모양이더군."

"야베의 소원대로 개헌하게 되기는 하네요. 물론 그 내용은 다르겠지만."

아마도 개헌을 통해 일왕의 일부 권력을 부활시키고 극우 세력의 발호를 막을 것이다.

"아마 일본은 이번에 많이 바뀔 거야. 대표적으로 총리 임명권이 일왕에게 가겠지."

물론 기존에도 그랬다.

다만 임명권은 있으나 거부권이 없었다.

그러나 거부권이 생긴다면 누구도 일왕을 무시하지 못하게 된다.

"다만 이번 사태는 참 웃기게 돌아가지만 말이야."

"무슨 말씀이신지? 뭔가 문제가 있나요?"

단기간의 경제적 문제는 피할 수 없겠지만 모든 문제가 정리되었다. 심지어 일본의 빚조차도 정리되는 판국이었다.

야베와 그 일파가 빼돌린 돈이 얼마나 많은지 그들에게서 압류한 재산만으로도 적지 않은 일본의 빚을 갚을 수 있었고, 그것뿐만 아니라 그들과 손잡았던 기업들의 범죄 내역 때문에 그들에게서도 벌금을 받아서 갚을 수 있을 정도였다.

"일본으로 이민 가는 사람들이 많아졌네."

"네? 이 시국에요?"

아무리 혼란이 정리되었다고 해도 이게 며칠 사이에 정상으로 돌아올 일은 아니다.

그런데 이 시국에 이민을 간다?

"요히토 황태자, 얼마 후면 일왕이 되겠군. 그의 아버지가 은퇴한다고 했으니 말이야."

현 일왕은 이번 사건으로 충격이 컸는지 빠른 시일 내에 자리를 넘겨주고 은퇴한다고 했다. 원래 역사에서는 좀 더 있어야 하지만 갑자기 상황이 바뀐 것이다.

"하여간 요히토 황태자와 거래를 했네. 우리도 바보가 아니야. 마냥 좋은 의미로 우리 장병들의 목숨을 걸 수는 없었네. 외부에 발표해야 할 만한 뭔가를 내놔야 했지."

노형진은 고개를 끄덕거렸다.

유혈 사태가 벌어지지는 않았다고 하지만 그렇다고 해도 사실상 적성국에 들어가는 일이었고, 그 과정에서 민간인까지 보호해야 했다. 그러니 위험부담도 있었고 일부에서는 반대의 목소리도 높았다.

"현재의 일본에 경제적인 뭔가를 기대하기는 힘들지. 그래서 다른 걸 받기로 했네. 야베가 키운 한국 내 친일 세력에 대한 정보를 모두 넘겨받을 거야. 그리고 다음 총리가 누가 될지 모르지만, 천황 명의로 한국의 일본군 성 노예들과 징용 피해자들에 대한 사과문을 그 다음 총리가 가지고 오기로 되어 있네."

"아!"

한국 사람들의 가장 오래된 원한 중 하나가 바로 그것이다.

미래를 향해 가고 싶지만 둘 사이의 일을 과거에 묶어 두는 사과 문제.

"일왕이 사과하면 누구도 그걸 부정할 수 없겠군요."

"절대 못 하지."

하물며 계획대로 총리 임명의 거부권까지 가지게 된다면 더더욱 못 한다. 거부하면 그만이니까.

'아마도 해임권도 가지려고 하겠지.'

이제 와서 전제군주제를 할 수는 없다.

그러나 거부권과 해임권을 가지고 있는 것만으로도 일왕의 힘은 어마어마하게 바뀐다.

"이제 드디어 미래로 나갈 수 있겠군."

"네, 어느 정도는요."

"그게 어딘가."

박기훈과 노형진은 씁쓸한 표정으로 서로를 바라볼 뿐이었다.

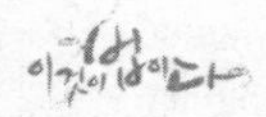

죽음의 카운트다운

"네? 기증요?"

-네. 손채림 님이 2010년쯤 조혈 모세포 기증 등록하셨거든요.

"으음…… 아, 기억나요."

손채림은 시간표를 보면서 말했다.

확실히 그때쯤 등록한 적이 있다. 하지만 벌써 몇 년 동안 연락이 없어서 완전히 잊어버리고 있었던 것.

-이번에 적합성을 가진 분이 나오셔서요. 기증을 하시려면 2차 검사를 해야 하는데요.

그러면서 상대방은 몇 가지를 안내해 줬다.

설명을 전부 들은 손채림은 가볍게 대답했다.

“그럴게요.”

–진짜요?

그런데 도리어 반응이 이상하다.

“네, 그게 뭐 어렵다고요.”

–너무 쉽게 결정하시면 안 돼요. 이건 상대방 목숨이 달린 거라…….

“할게요. 들어 보니까 요즘은 그다지 어려운 일도 아니던데, 이참에 밀린 휴가도 좀 쓰죠, 뭐.”

–감사합니다. 사실은 거절하는 분들이 많아서요.

“거절요?”

–네. 생각보다 많아요, 거절하는 분.

“저는 거절할 생각 없거든요. 그러니까 걱정하지 마세요. 그러면 이제 어디로 가야 하나요?”

–오실 필요는 없고요, 근처 헌혈의 집에서 기증 검사하러 왔다고 하시면 돼요.

손채림은 핸드폰으로 검색하기 시작했다. 그리고 미소를 지었다.

“바로 옆에 있네요. 바로 할게요, 호호호.”

기증하기 위해서는 사흘이라는 시간을 입원해야 한다.

그녀는 어렵지 않게 검사를 끝내고 기증을 마치고 퇴원할 수 있었다.

딱히 아픈 것도, 딱히 문제가 될 것도 없는 일이었다.

"감사했어요."

"별말씀을요. 다들 기증자님처럼 이렇게 쉽게 해 주시면 좋은데. 그게 문제가 될 게 하나도 없는데."

손채림을 담당하던 코디네이터는 감사의 마음을 담아서 이것저것 챙겨 주며 말했다.

"기증자가 많지 않은가 봐요?"

"열 분 중에 한 분 정도?"

"이런."

손채림은 혀를 끌끌 찼다.

그렇잖아도 기증 신청자가 많지 않은데 그들마저 막상 그렇게 거부하면 환자는 가슴이 아프다.

"그래도 손 기증자님 덕분에 한 사람이 산 거예요."

"뭐, 그렇게까지 크게 생각하지는 않았는데요, 호호호."

"아니에요. 다만, 전에 말씀드렸다시피 재발하는 경우에 다시 부탁드리면……."

"걱정 마세요. 그때도 해 드릴게요."

손채림은 웃으며 그곳을 나왔다.

아니, 그러려고 했다.

그때 데스크 쪽에서 거의 읍소하는 목소리가 터져 나왔다.

"기증자님, 제발……! 다시 생각해 주세요!"

한 여자가 전화기를 붙잡고 외치고 있었다.

"이미 화학 치료가 끝났어요! 지금 철회하시면 애가 죽어요! 기증자님? 기증자님!"

그러나 상대방이 전화를 끊었는지 여자는 곧 그대로 무너져 내렸다.

아마도 코디네이터인 듯했다.

그러자 보고 있던 사람들이 다가가 그녀를 안아 주면서 위로해 주기 시작했다.

"저거 지금 무슨 상황이죠?"

"그게……."

손채림의 코디네이터는 씁쓸하게 웃었다.

"기증을 거절했나 보네요."

손채림은 이미 관련 내용과 순서에 대해 알고 있었기에 지금 상황이 이해가 갔다.

"당장 가 봐야 할 곳이 생겼네요. 그러니까 자세하게 이야기 좀 해 주시겠어요?"

"형진아!"

문이 벌컥 열리면서 손채림이 뛰어들어 왔다.

"아이고, 깜짝이야! 너 병원이라고 하지 않았어?"

갑작스러운 손채림의 등장에 노형진은 깜짝 놀랐다.

분명 자신에게는 조혈 모세포 기증 문제로 입원한다고 했다. 그런데 이렇게 갑자기 튀어 들어오다니.

"아니, 왜 그렇게 바쁘게 튀어 와? 어차피 당분간은 비행 없잖아. 집에 가서 쉬어. 간호사가 쉬라고 말 안 하디?"

"상황이 다급해서 그래. 사람 목숨이 달려 있다고!"

"사람 목숨?"

"그래! 급해! 엄청! 이러고 있는 시간도 아깝다고! 피해자가 병원에 있어!"

"무슨 일인데?"

노형진은 진지한 표정으로 물었다.

손채림은 서두르는 성격이 아니다.

더군다나 피해자라고 하는 걸 보니 큰일이 생긴 건 분명해 보였다.

"살인 사건? 아니 아니, 목숨이 달렸다고 하는 걸 보니 살인은 아니겠네. 납치라거나……? 하지만 납치라면 피해자가 병원에 있을 리가 없는데."

노형진이 어리둥절한 표정이 되자 손채림은 뛰어오느라 헉헉거리는 호흡을 애써 가다듬으며 말했다.

"피해자는 백혈병 환자야."

"백혈병 환자? 그런데 무슨 생명의 위협이야? 아, 물론 백혈병이 목숨을 위협하는 병이기는 하지만, 그건 변호사의 영역이 아니라 의사의 영역인데."

변호사가 아무리 잘났다고 해도 병을 이겨 낼 수는 없다.

그건 의사한테 가야 한다.

"지금은 의사도 방법이 없어. 현재 환자는 완전 무균실에 있으니까."

"완전 무균실?"

"기증하기로 했던 기증자가 조혈 모세포 기증을 거부했어."

"뭐? 그게 무슨 소리야?"

손채림은 자신이 그곳에서 배우고 들은 걸 간단하게나마 설명해 줬다.

어떤 과정인지, 그리고 어떠한 상황인지.

"조혈 모세포를 기증받아야 하는 환자의 면역 시스템을 이미 소멸시켰는데 갑자기 기증을 거부한 거야."

"미친!"

백혈병 등으로 인해 골수를 이식받는 사람들은 사실상 다른 치료가 먹히지 않는다.

최후의 수단이 골수이식이다.

그걸 조혈 모세포 기증이라고 부른다.

기증 의사를 밝힌 사람들 중에 적합자가 있어야 하는데, 당연히 그 확률은 어마어마하게 낮고 운이 좋아야 한 명 나온다.

그나마도 조혈 모세포 기증 절차를 끝까지 마치는 비율은 10% 정도.

한국에 30만 명 정도 기증을 신청한 사람들이 있지만, 실제로 기증하는 사람은 3만 명 정도밖에 안 된다는 거다.

그리고 기증자가 조혈 모세포 기증 의사를 밝히면 그때는 골수를 기증받는 과정으로 들어가는데, 그 과정 중 하나가 바로 화학물질을 이용해서 몸 안의 모든 면역 시스템을 없애 버리는 것이다.

어찌 되었건 유전적으로 맞는 골수라고 해도 100% 자기 것이 아닌 이상에야 면역반응이 일어나지 않을 수가 없기 때문이다.

그렇게 아예 면역 시스템을 붕괴시킨 후에 새로운 골수를 받아서 새로운 면역 시스템을 만들어 내는 것.

그게 바로 조혈 모세포 기증 치료다.

"그런데 이제 와서 기증을 하지 않겠다고 한다고?"

"그래. 그래서 내가 다급한 거야."

"이런 씨발 새끼를 봤나?"

노형진은 평소와 다르게 욕이 절로 나왔다.

그럴 수밖에 없는 게, 기증하는 사람에게는 별일 아닐지 몰라도 기증받는 사람에게는 이게 진짜 목숨이 달린 일이다.

"이제 와서?"

사람이 면역 시스템이 붕괴되면 아주 고통스럽게, 무균실

안에서 천천히 말라 죽는 수밖에 없다.

조혈 모세포는 단순히 면역에만 관련된 게 아니다.

애초에 조혈 모세포라고 불리는 건, 혈액을 만드는 것도 그 세포이기 때문이다.

그래서 면역 시스템이 붕괴되면 혈액이 만들어지지 않기 때문에 무균실에서 하루에 몇 팩씩 수혈을 받으며 천천히 죽어 가게 된다.

이 때문에 골수이식을 진행하는 측에서도 한 번이 아니라 수차례, 조혈 모세포 기증 의사를 확실하게 묻는다.

"더군다나 두 명이래."

"두 명이? 기증자가 두 명이라고? 다른 한 명도 거절한 거야?"

"아니. 환자가 두 명이라고. 한 명은 아이를 가진 엄마고, 한 명은 서른 살 남성이야."

"그렇게 재수가 없다고?"

"생각보다 그런 경우가 많은 모양이야."

"사전에 안내를 안 했대?"

"하지. 몇 번이나 물어보지. 매일 물어보던걸. 그런데 이제 와서 저러는데 어떻게 해?"

기증은 누군가가 강제할 수 있는 게 아니다.

그래서 만일 본인이 하지 않겠다고 하면 그걸로 끝이다.

"하지만 이건 아니지."

한두 번 물어본 것도 아니고 이미 몇 번이나 확인했다.

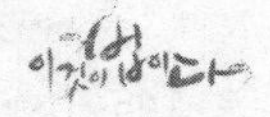

특히나 환자의 면역 시스템을 완전히 붕괴시키기 전에도 다시 확인하고, 만일 이 이후에 거부하면 환자는 죽는다는 걸 확실하게 고지한다.

그런 일이 한두 번 있었던 게 아니니까.

그런데 두 명에게 같은 짓거리를 했다?

"이런 미친 새끼를 봤나?"

조혈 모세포 기증이 힘든 건 아니다.

일단 기증이 결정되면 기증자는 특실로 들어가서 간단한 검사를 받고 사흘간 느긋하게 시간을 보내며 조혈 모세포를 채취한다.

물론 그 과정에서 돈은 모두 기증받는 쪽에서 지불하게 되어 있다.

그 안에 있으면 먹을 거 다 먹여 주고, 간식도 계속 가져다주며, 케어 전문가가 붙어서 전담 케어까지 해 준다.

사실 옛날에는 조혈 모세포를 기증할 경우 뼈에서 직접 빼내는 방식을 썼기 때문에 아팠다.

하지만 지금은 아니다.

지금은 조혈 모세포 생성을 유도하는 약을 먹은 후 마치 투석하듯이 몇 시간 동안 피를 빼내서 그 안에서 조혈 모세포만 분류해 내고 피는 다시 몸에 집어넣는다.

그 때문에 이제는 신체에 부담되는 것도 없다.

과거처럼 뼈에서 직접 빼내는 것은 거의 사라지다시피 한 상황이다.

아주 특수한 경우가 아니면 그 방법은 쓰지 않는다.

"그때는 엄청나게 아프다는 소문이 있었으니까 이해라도 하겠는데, 지금은 그것도 아닌데 거부한다고?"

게다가 그 엄청나게 아프다는 것도 사실 뻥이다.

물론 생으로 하면 아플 테지만 마취하고 시작하니까.

"나도 이해가 안 가. 병원 쪽에서는 계속 설득하는 모양인데 그쪽은 아예 들을 생각도 없는 눈치인 것 같고. 애초에 그럴 거면 처음부터 안 한다고 하든가."

그리고 이 상황에서는 환자는 죽을 수밖에 없다.

"이거 참 애매하네."

만일 애초에 기증을 거부한다고 말했다면 문제 될 것도 없었을 것이다.

최소한 면역 시스템을 붕괴시키지는 않았을 테니까.

그리고 그랬다면, 병으로 죽었을지언정 이렇게 비참하게 죽지는 않을 것이다.

"시간이 별로 없어. 형진아, 이거 어떻게 해결 방법이 없을까?"

"안 되면 되게 해야지."

노형진은 고개를 끄덕거리면서 양복 상의를 꺼냈다.

"바로 움직이자. 시간이 생명이니까."

⚖

노형진은 바로 병원으로 향했다.

하지만 그 개인 정보를 관리하는 곳에서부터 걸려 버렸다.

"정보를 드릴 수가 없습니다."

남자 직원은 퉁명스럽게 말했다.

"이건 개인 정보입니다. 드릴 수가 없습니다."

"하지만 사람 목숨이 달려 있습니다."

변호사는 의뢰를 받아서 움직여야 한다.

하지만 현재 상황은 의뢰를 받을 상황이 아니었다.

일단 의뢰를 받기 위해 다른 직원을 피해자 가족들에게 보냈지만, 갑작스러운 기증 거부에 피해자의 가족들은 완전히 멘탈이 나간 상황이라고 한다.

"하지만 그렇다고 해도 저희가 도와드릴 방법은 없습니다. 아시다시피 개인 정보 보호법이 있으니까요."

"그래요?"

노형진은 피식하고 웃었다. 그럴 거라 생각했으니까.

"그러면 강제로 도움을 받는 수밖에요. 시간이 없어서, 사실은 이미 준비해 놨거든요."

"준비요?"

그 순간 문이 벌컥 열리면서 오광훈이 들어왔다.

"압수수색영장입니다."

"아…… 압수수색요?"

갑자기 날아온 압수수색영장.

그걸 받아 든 담당자는 얼굴이 허옇게 질렸다.

"아니, 뭐로요?"

"이 사람, 한글 모르나? 범인은닉죄요."

"무슨 말입니까, 범인은닉죄라니! 우리는 범인을 은닉한 적이 없습니다!"

"아, 그래요?"

오광훈은 노형진을 힐끔 보았다. 알아서 설명하라는 거다.

"그 가해자는 기증 의사를 밝혔지요?"

"그렇습니다만."

"그러면 그 기증 의사를 밝힌 후에 거절 시점까지, 시간이 좀 있지요?"

"그건…… 그렇습니다."

처음부터 기증 거부를 했다면 당연히 환자의 면역 시스템을 붕괴시키지 않았을 것이다.

그러나 기증한다고 했기에 그 면역 시스템을 붕괴시킨 것이다.

"그리고 그 후에 더 이상 환자가 살아날 수 없을 때, 갑자기 기증을 철회했지요?"

"그렇습니다만……."

"그렇게 할 경우 상대방이 죽는다는 것도 이미 고지받았고요?"

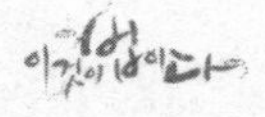

"그, 그건 그렇습니다."

필수 과정이니까.

그건 무조건 들어가는 과정이다.

"그러면 상대방의 죽음에 직접적인 책임이 있는 거네요?"

만일 처음부터 거절했다면 문제가 안 된다.

하지만 시간이 바뀌고 환자의 상황이 바뀌면 그건 전혀 다른 문제가 된다.

"하지만 법적으로……."

"그러니까 그게 법적으로 살인이 아니라는 증거가 있습니까? 아니면 그 관련 판례가 있습니까?"

"그건……."

'없겠지.'

현 상황을 법적으로 본다면 일종의 부작위에 의한 살인이다.

자신은 골수를 기증하기로 계약했고 그걸 거부한다면 환자가 100% 죽는다는 사실도 알고 있다.

"그에 관한 판례가……."

"없지요. 그러니 그 판례를 만들어 봐야 하지 않겠습니까?"

현실적으로 골수 기증 단체에서 그런 자들을 고발하지 않는 이유는 간단하다. 그런 소문이 나면 기증 등록자들이 줄어들 것을 염려하는 것이다.

실제로 그래서 환자의 가족들에게도 방법이 없다고 한다.

'하지만 그건 그쪽 사정이고.'

법적으로 말하면 이건 분명 살인의 다툼의 여지가 있을 수 있는 상황이다.

더군다나 그렇게 중간에 거절할 사람이라면 애초에 등록하지도 않는다.

"저기, 이러시면…… 안 됩니다. 제발……."

"제발이고 나발이고. 야! 다 털어! 싹 끌고 간다!"

상황이 다급해지자 직원들이 몰려나왔지만 영장이 나온 이상 그걸 막을 수는 없었다.

"제발 이러지 마세요! 기증자들에게 무슨 일이 생기면 그나마 있던 기증자들까지 줄어듭니다! 다른 사람들에게 더 큰 문제가 생긴단 말입니다!"

기증받고자 하는 사람은 늘어나는데 기증자가 줄어든다면 그건 심각한 문제가 된다.

"무슨 말씀이십니까?"

"네?"

노형진은 그런 직원을 보면서 피식 웃었다.

"제가 언제 기증자에게 손댄다고 했습니까?"

"그러면 살인 어쩌고는……."

"살인이 이루어졌나요?"

"그건……."

이미 살인이 이루어진 건 아니다.

아직 환자는 살아 있다.

즉, 지금이라도 기증이 이루어진다면 사람은 살 수 있고 처벌은 이루어지지 않는다.

“제가 노리는 건 다른 놈들입니다.”

“다른 놈들요?”

“네, ‘다른 놈들’요.”

⚖

조혈 모세포를 기증한다는 것. 그것은 아주 중대한 문제다. 그래서 몇 번이나 확인한다.

“그리고 최종 확인, 그러니까 환자의 면역 시스템을 붕괴시키기 전에 고지하지. 그때까지 한다고 하는 사람들은 대부분 할 결심이 선 사람들이야.”

노형진은 진지하게 말했다.

“그래서 내가 인터넷에 글을 찾아봤거든. 그런데 의외더라고.”

“의외라니?”

“기증 철회의 첫 번째 이유는 회사고, 두 번째 이유는 가족이야.”

“가족?”

“그래. 너도 가족들한테 동의받아야 한다고 하지 않던?”

“아, 그랬지. 엄마가 동의해 줬어.”

"그래. 그게 문제인 거야."

기증자들이 막판에 갑자기 기증을 철회하는 것은 심적인 부담 때문이다.

이미 여러 연구를 통해 육체적인 피해는 없다는 게 증명되었기 때문이다.

"하지만 금전적인 피해가 발생하지."

"금전적 피해?"

"일단 만나서 이야기하자고."

노형진은 손채림을 데리고 첫 번째 사람을 만나러 갔다.

그와 약속한 시간은 무려 새벽 2시였다.

스물네 시간 운영되는 커피숍에서 기다리자, 30대의 남자가 변호사에게서 연락을 받은 탓에 잔뜩 긴장한 모습으로 나타났다.

"노형진입니다."

"박성인입니다."

"시간이 없으니 단도직입적으로 묻겠습니다. 왜 기증을 철회하신 겁니까?"

"그게……."

박성인은 머리를 긁적거렸다.

"회사에서 기증할 거면 사표를 쓰고 가라고 하더군요."

"사표요?"

"네. 바빠 죽겠는데 어딜 가느냐며……."

손채림은 노형진이 왜 금전 문제를 이야기했는지 알 것 같았다.

기증자가 입는 피해가 아니었다.

기증자를 사용하는 회사에서 입는 피해였다.

'이래서…….'

노형진이 기증자를 노리지 않는다고 한 것이다.

"저도 많이 고민했지요. 하지만 사람 살리는 일 아닙니까?"

그래서 기증하려고 했다.

결심을 하고, 모든 준비를 다 했다.

"그런데 사장이 부르더라고요. 너는 지금 이 시국에 뻔뻔하게 휴가 내고 놀러 다니려고 하냐고요."

"휴가요? 말씀 안 하셨어요?"

"했지요. 병원에 이야기해서 협조 공문까지 보냈죠."

그런데 사장 입장에서는 그게 아니었다.

"고급 1인실에서 탱자탱자 노느라 동료들이 피똥 싸게 하는 게 좋으냐고, 남의 인생이 그렇게 중요하면 사표를 던지고 가라고 하더라구요."

박성인은 피곤한 얼굴로 말했다.

"그런데 그게 틀린 말은 아니거든요. 회사가 워낙 작아서……."

고작 직원 열다섯 명짜리 광고 회사다. 그렇다 보니 늘 사람은 부족하고 할 일은 많다.

"아니, 그게 말이 돼?"

"남의 목숨에 신경 쓰는 사람, 생각보다 많지 않아. 우리나라가 중국 욕할 거 아니야."

노형진은 화를 버럭 내는 손채림을 진정시키며 말했다.

"더군다나 이런 회사들은 직원을 한계까지 몰아붙이거든."

충분한 인원을 보충해서 회사를 돌리는 게 아니라, 있는 직원을 한계까지 몰아붙여서 쥐어짜는 것이 많은 중소기업들의 방식이다.

"사장은 돈이 썩어 문드러져서 매년 수입 차를 바꿔도, 직원은 절대 안 늘리지."

"잘 아시네요."

박성인은 씁쓸하게 웃었다.

"뭐, 사람 목숨을 개털로 아는 인간들이라면 뻔하지 않겠습니까?"

사람이 죽는다.

그런데 고작 사흘의 시간도 내주지 못한다는 것은, 그가 다른 사람을 어떻게 보고 있는지를 알려 주는 것이다.

"저도 미안하지요. 하지만 다른 곳으로 이직하는 것도 쉽지 않고……."

박성인은 한숨을 푹 쉬었다.

"그래서 어쩔 수 없이……."

"하지만 사람 목숨이 달려 있는데……!"

손채림은 버럭 화를 내려 했다.

그런 손채림을, 노형진이 말렸다.

"그건 이쪽도 마찬가지야. 이쪽 입장에서는 남의 목숨이 아니라 자기 가족의 목숨이 달려 있는 거라고."

"끄응……."

"미안합니다."

박성인은 마치 죄인이라도 된 듯한 모습으로 고개를 푹 숙였다.

"지금이라도 어떻게, 기증하시겠습니까?"

"저도 하고 싶습니다. 하지만 사장이……."

지금 시간은 새벽 2시다. 이제야 퇴근을 하고, 다시 아침 8시까지 출근을 해야 하는 것이다.

그런 식으로 굴리는 회사에서 사흘을 쉰다고 하면 진짜 해직당할 가능성이 크다.

"진지하게 말씀드리지요. 이직하셔야 할 겁니다."

"네?"

"저는 여기서 대충 기증만 받고 끝낼 생각은 없습니다."

노형진의 폭탄선언.

이 문제는 단순히 이 건만의 문제가 아니다.

수십 년간 계속 이어진 문제이기도 하고, 또 앞으로도 이어질 문제다.

"그동안 얼마나 많은 사람들이 그런 놈들 때문에 죽었는지 알 수가 없습니다."

당장 지금은 화학요법이 끝난 후라 더 큰 문제가 되어 버렸지만, 화학요법까지는 하지 않은 상황이라고 해도 이런 이유로 기증을 받지 못해서 죽은 사람들은 어마어마하게 많을 것이다.

"그 회사, 시범적으로 날릴 겁니다."

박성인은 침을 꿀꺽 삼켰다.

"그 회사가 날아가면 당신은 어쩔 수 없이 다른 곳으로 이직해야 할 거고요."

"하지만 거기서 일하는 사람들은요?"

"그 회사 사장이 남의 목숨을 개털만도 못하게 보는데 직원이라고 뭐 잘 대해 줬겠습니까? 안 봐도 뻔합니다. 박성인 씨가 다니는 회사도 이직률이 어마어마하겠죠. 안 그런가요?"

"확실히 다들 이직한다고 입에 달고 살기는 하죠."

"결국 다 떠날 사람들입니다. 저는 그 기회를 줄 뿐이고요."

"……."

맞는 말이다.

그가 하던 그대로, 노형진은 돌려주는 것뿐이다.

"거절하시면 어쩔 수 없이 같이 처벌받으시는 거구요."

"처…… 처벌요?"

"지금까지 고발하지 않아서 그냥 넘어갔을 뿐, 이건 전혀 다른 문제입니다."

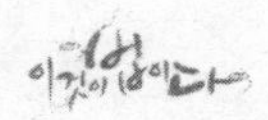

화학요법 이전에 거절하는 건 문제가 안 된다.
그건 처벌하려야 처벌할 수가 없다.
"하지만 화학요법 이후는 이야기가 달라지지요."
명백하게 상대방이 죽는다는 걸 고지받았고 계약도 맺어졌다.
"사람들은 기증이라고 하면 그냥 해도 그만 안 해도 그만이라고 생각하는데요, 이건 전혀 다른 문제입니다."
아무리 기증이라고 하지만 이건 상대방의 목숨을 걸고 하는 일이다.
"살인이 성립되지 않을까요?"
부작위에 의한 살인이 성립될 가능성이 높다. 지금까지 판례가 없었을 뿐.
"아마 이번에 여럿 죽어 나갈 겁니다."
노형진은 이 문제를 제대로 지적하고 넘어갈 테고, 한번 지적당한 문제를 검찰에서 그냥 넘어갈 리가 없으니 화학요법 이후에 기증을 거부한 사람들에 대해서는 부작위에 의한 살인으로 기소가 들어갈 가능성이 높다.
"여기서 선택할 수 있는 것은 두 가지입니다. 처벌을 받느냐, 아니면 기증하고 모든 책임을 회사에 넘기느냐."
"……."
"박성인 씨뿐만이 아니라 다른 사람들도 마찬가지일 테고요."
박성인은 손이 바들바들 떨렸다.

각오하고 나오기는 했지만 노형진의 말은 너무 차갑게 들렸기 때문이다.

"하지만 기증은 강제하는 게 아니라고……."

"물론 그렇지요. 단, '화학요법에 들어가지 전까지만' 말입니다."

그 전에 기증을 거부하면 그 환자를 죽이는 것은 병이지 기증자가 아니다.

"실제 판례가 있었지요."

어떤 암 환자가 있었고, 완전 말기라 죽음까지 의사 소견으로 한 달도 남지 않았다고 했다.

그런데 그에게 원한을 가진 사람이 그를 죽였다.

재판에서 가해자 쪽은 어차피 죽을 사람이라고 주장했지만, 판사의 결정은 살인 인정이었다.

어느 정도 감형은 되었지만 말이다.

"지금도 마찬가지입니다. 이대로 외면하시면 그 환자는 죽는다는 거, 아시잖습니까?"

손을 덜덜 떠는 박성인.

"남을 죽이려면 자기 인생 조질 것도 각오하셔야지요."

"하지만 직장이……."

"미안하지만 그건 제가 알 바 아닙니다."

노형진의 차가운 말.

"제 고용인은 지금 병원에 있는 환자의 가족이지 당신이 아닙니다. 당신이 한 말처럼 안타깝고 불쌍하기는 하지만 죽든 말든 상관없는 존재가 아니죠. 아니, 도리어 저희 쪽으로서는 정당한 복수인 겁니다. 지금 이 순간에도 환자는 죽어가고 있습니다."

그 말에 박성인은 고개를 푹 숙였다.

"그러면 어떻게 해야 합니까?"

"책임을 모두 다른 이에게 넘기면 되는 거지요."

"회사 말인가요?"

"그렇습니다. 아까도 말씀드렸다시피 저는 이런 일이 벌어지게 한 자를 살려 둘 생각이 없습니다. 어느 쪽을 선택하시든 말입니다."

박성인은 입술을 깨물었다.

그렇다면 답은 하나뿐이었다.

⚖

"너무 몰아붙이는 거 아냐? 그래도 좋은 일을 하려고 하다가 그런 건데."

"좋은 일은 개뿔. 물론 처음에는 그랬겠지. 하지만 책임을 지지 못할 선을 넘어서면 어떻게 해서든 지켰어야지."

노형진은 운전석에서 차갑게 말했다.

동이 터 오는 새벽. 두 번째 기증자를 만나러 가는 길이다.

"아무리 자기가 급해도 사람 목숨이 달린 일이야. 그걸 그렇게 쉽게 판단해?"

"하지만 그렇게 강제하면 다른 기증자들도……."

"그런 거에 겁먹고 기증을 거부하는 놈들이 애초에 기증했을 것 같아?"

"하긴 그러네."

손채림은 고개를 끄덕거렸다.

책임을 질 영역과 지지 않을 영역을 확실하게 구분해야 한다.

화학요법이 시작되면 그건 책임질 영역에 들어간다.

"하지만 이 문제로 처벌하게 되면 그쪽 말대로 기증자가 줄어들 텐데."

"걱정하지 마. 그럴 일은 없으니까. 일단 곧 만날 사람하고 이야기부터 하자고."

밤새도록 기다리고 이야기하고 바로 움직여야 하다 보니 피곤했던 노형진은 입이 찢어져라 하품을 했다.

하지만 진짜 시간이 목숨인 상황에서 뭉그적거릴 수는 없기에 노형진은 캔 커피로 잠을 쫓으며 운전했다.

"그나저나 이 사람, 직장인은 아닌 것 같네."

"어떻게 알아?"

"약속한 시간이 10시잖아. 직장인이라면 진짜 나오기 애매한 시간이지."

아무리 외근을 하는 직원이라고 할지라도 10시면 외근 시작 시간은 아니다.

"그러면 백수라는 거지."

"그런데 왜 거절한 거지?"

"뭐…… 뻔하지 않겠어?"

기증 반대의 1위는 기업의 반대. 그렇다면 2위는?

"가족이지."

⚖

"저도 가족들 몰래 나온 거라서요. 빨리 들어가야 해요. 미안해요."

커피숍으로 들어온 소진아는 미안하다는 듯 말했다.

그녀의 머리는 원래는 생머리였지만 지금은 완전히 막 자른 더벅머리였다.

"누가 이런 거예요?"

"아버지가요. 못 나가게 한다고."

소진아는 원래 다른 곳에서 자취하면서 직장을 다니던 사람이었다.

그런데 기증을 하게 되자 그녀는 당연히 부모님에게 연락했다.

설마 사람을 구하는 일을 반대할 거라고는 생각하지 않아서.

"그런데 병원에 들이닥쳤어요."

그리고 그곳에서 소진아를 두들겨 패면서 끌어냈다고 한다.

"너무 극단적인 거 아니에요?"

"극단적이죠. 텔레비전에서 봤는데 골수 기증하면 병신이 된다고……."

"아니, 누가 그래요?"

"드라마에서 봤대요."

"환장하겠네."

손채림은 어이없어했고, 노형진은 고개를 절레절레 흔들었다.

"이놈의 막장 드라마가 진짜."

드라마에 보면 사람을 묶어 두고 커다란 바늘로 등을 찌르는 모습이 일반인들이 생각하는 골수 기증의 모습이다.

물론 지금은 거의 쓰지 않는 방법이며 특수한 경우에만 쓰고, 그마저도 마취하고 하기 때문에 아플 일은 없다.

하지만 드라마에서는 자극적이고 충격적이어야 하니까 자꾸 말도 안 되는 방법을 보여 주는 것이다.

"상식적으로 그게 말이 돼요?"

"그러니까요."

기증자를 강제로 묶어 두고 고통에 몸부림치는 상태로 강제로 빼내는 건 불가능하다.

일단 정밀한 의료 시술을 하는데 그렇게 할 리가 없거니와, 미쳤다고 소중한 기증자한테, 마취 약이 없는 것도 아닌데 그딴 식으로 행동하겠는가?

"지금이라도 가서 기증해 주시면 안 될까요?"

"저도 하고 싶지요. 그렇지만……."

그 순간 울리는 전화기.

그걸 본 소진아는 받아 들고는 소리를 버럭 질렀다.

"집 앞에 있다고! 아, 진짜 안 간다니까!"

그러고는 전화를 확 끊어 버렸다.

"이 지경이에요. 잠깐이라도 안 보이면 전화해서 난리예요. 더군다나 병원도 알고 있으니까요."

병원을 옮길 수도 없는 노릇인 게, 전국에서 그런 조혈 모세포를 채취할 수 있는 병원은 그다지 많지 않다.

즉, 찾으려고 하면 못 찾을 이유가 없는 것이다.

"아니, 성인이시잖아요."

그녀는 스물두 살. 성인이고, 기증하는 데 아무런 문제도 없다. 그러나…….

"이렇게 물리력을 쓰니까 문제인 거야."

젊은 사람들은 인터넷에 익숙하기 때문에 그래도 올바른 정보를 찾기 쉽다. 하지만 나이가 많은 사람들은 그러기가 쉽지 않다.

"그래도 소진아 씨는 아직 어리잖아요. 부모님도 인터넷에 익숙한 세대이실 것 같은데."

"그게…… 제가 막내라……."

"네?"

"저희 어머님이 나이가 42세 때 저를 낳으셨어요. 아버지가 연상이시고요."

"헐."

그녀의 나이 22세. 그러니 지금 어머니만 해도 64세라는 말이다.

인터넷에 익숙한 세대는 확실히 아니다.

"저도 설득하려고 많이 노력했지요. 하지만 이빨도 안 먹혀요."

소진아는 질려 버렸다는 듯 말했다.

"지금이라도 나가면 인연을 끊어 버리겠다고 난리예요."

"도대체 왜……."

"부모들 중에서 자식을 통제하려고 하는 사람들이 많아. 그들이 가장 많이 휘두르는 무기가 인연이야."

쉽게 말해서 '자기 말을 들어라.'라는 것이다.

물론 그들은 자신들의 말이 언제나 옳다고 생각한다.

자기가 자식을 사랑해서, 자식의 미래를 위해 그런다고 생각한다.

"하지만 정작 시대가 바뀌었다는 걸 인정하기는 싫어하지."

수십 년 전의 경험을 가지고 현대를 재단할 수는 없다.

그런데 그들이 가진 이런 정보는 아예 가짜다.

"하지만 중요한 건 내 말을 듣게 만드는 것뿐이야."

그러니 위협을 하기 위해 인연을 끊겠다고 하는 거다.

"그리고 대부분의 자녀들은 아무리 그래도 인연을 끊을 수는 없어. 그러니 그걸 무기 삼아서 휘두르는 거지."

"저도 당장이라도 가고 싶어요. 하지만 가족들 때문에……."

어딜 가든 당장 달려와서 끌고 갈 게 뻔하기에 가지를 못하는 거다.

물론 노형진에게는 해결책이 있었다.

"시간이 부족하니까 바로 이야기하겠습니다. 혹시 수갑 한번 차 보실 생각 있습니까?"

"네?"

소진아의 눈이 동그래졌다.

바꿀 건 바꾸자

소진아의 집을 바라보면서 노형진은 시계를 확인했다.

"올 때가 된 것 같은데."

"그런데 왜 소진아 씨를 체포하겠다고 한 거야? 네가 말한 대로라면 그걸 방해한 건 가족 아니야?"

"그래, 가족이지. 그런데 말이야, 소진아 씨한테 가족을 체포하겠다고 하면 소진아 씨가 좋아할까?"

남의 인생 구하자고 자기 가족의 인생을 파멸시키겠다는데 그에 동의할 사람은 없다.

"당연히 그런 일이 벌어지면 소진아 씨도 죽으면 죽었지 기증은 안 할걸."

"그건 그러네. 기업하고는 다르네."

기업은 제3자이지만 가족은 자신의 혈육이다.

“이 경우는 다른 방법을 써야 해. 가족들을 건드릴 수는 없으니까.”

“그렇다고 소진아 씨를 체포한다고?”

“응.”

“진짜 네가 쓰는 방법은 이해가 안 간다.”

“하지만 효과는 있잖아?”

그 순간 오광훈이 나타나서 노형진이 타고 있던 차의 창문을 톡톡 두들겼다.

“여, 노 변호사. 즐거운 시간 보내고 있나.”

“즐겁기는 개뿔. 지금 얼마나 바쁜데. 시간 없는 거 몰라?”

“말도 마라. 판사 설득하느라고 오래 걸렸다.”

판례가 없다 보니 이게 진짜 상해인지 아니지 판단을 못 하겠던 것.

“그런데 어떻게, 용케 받았다?”

“널 팔았지.”

“응?”

“네가 이거 조질 거라고 대놓고 널 팔았더니 잽싸게 영장 치던데?”

“헐, 뭐 틀린 말은 아니네.”

노형진은 어깨를 으쓱하고는 차에서 내렸다.

어찌 되었건 작전을 시작해야 하니까.

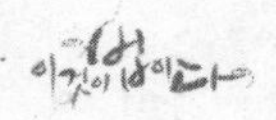

"좋아, 내가 시킨 대로 해. 알지?"
"넌?"
"난 먼저 경찰서에 가 있을게."
"오케이. 가서 각 잡고 있어라. 내가 금방 데려갈게."
노형진이 떠나고 나자 오광훈은 경찰들을 데리고 소진아의 집으로 갔다.
그리고 당당하게 벨을 눌렀다.
—누구세요?
"검찰에서 나왔습니다."
—검찰요?
"여기 소진아 씨 댁 맞지요?"
—그런데요.
"열어 주십시오. 체포 영장 집행하겠습니다. 도망갈 생각 마시고요. 벌써 주변이 다 포위되어 있습니다."
그러자 침묵이 흘렀다.
"문 안 여시면 강제로 열고 들어가겠습니다."
하지만 결국 문은 열리지 않았고, 오광훈은 옆에 있던 수사관에게 말했다.
"담 넘으실 수 있죠?"
"이 정도야 가뿐하죠."
경찰은 동료의 도움을 받아서 담을 넘어서 문을 안쪽에서 열었고, 안으로 들어가자 그제야 소진아의 가족들이 몰려나왔다.

"소진아 씨?"

"네?"

소진아는 아무것도 모르는 척 벌벌 떨면서 대답했다.

그러자 오광훈은 영장을 들이밀면서 차갑게 수갑을 꺼냈다.

"당신을 중상해 혐의로 체포합니다."

"진아야!"

"여보!"

그녀를 끌어내서 수갑을 채우는 오광훈.

그걸 보고 어머니는 주저앉았고, 아버지는 정신이 나가 버렸다.

"그럴 리가 없습니다. 제발…… 그럴 리가 없어요. 우리 딸이 상해라니요."

"상해가 아니라 중상해입니다. 만일 피해자가 사망하면 그때는 살인으로 넘어갈 겁니다."

"사…… 살인!"

"가시죠."

고개를 푹 숙이고 끌려가는 소진아.

그리고 뒤에 남은 가족들은 정신이 아득해졌다.

"진아야! 안 돼!"

"우리 진아는 그럴 애가 아니에요!"

가족들이 뭐라고 하든 소진아를 끌고 나온 오광훈은 그녀를 차의 뒷좌석에 태웠다.

그리고 출발하자마자 그녀의 수갑을 풀어 줬다.

"미안합니다. 불편하셨죠?"

"조금…… 그랬어요. 그런데 이런다고 부모님이 허락하실까요? 영 찝찝한데."

"그래도 사람이 죽는 것보다는 덜 찝찝할 겁니다."

"그건 그렇지만요."

소진아가 듣기로 그녀에게 기증받을 사람은 30대의 세 아이 엄마라고 했다.

지금 기증하지 않으면 세 아이는 엄마를 잃어버리는 거다.

"맞아요, 그게 100배는 더 찝찝해요."

"그러니까 잠깐만 참으시면 됩니다. 일단 편하게 계세요."

"그런데 저, 경찰서에 가서도 수갑 차고 있어야 하나요?"

"일단 지금처럼 뒤쪽으로 차실 필요는 없고요, 의자에 고정시킬 겁니다."

"네."

그러는 사이 소진아가 탄 차가 경찰서에 도착했고 소진아는 강력계로 들어갔다.

그리고 자리에 앉았다.

"바로 이동하게 될 겁니다. 필요한 건 현장에서 사세요. 코디에게 말하면 사다 주실 겁니다."

노형진은 그녀에게 그렇게 설명해 줬다.

그 순간 손채림이 바깥에서 들어왔다.

"도착했어. 얼른 숨어! 어서!"

"오케이."

노형진은 재빨리 강력계에서 나왔고, 경찰은 천연덕스럽게 취조를 시작했다.

"이름."

"소진아예요."

"나이는?"

"22세고……."

대충 그럴듯하게 취조를 하는 사이에 문이 열리면서 소진아의 가족이 들어왔다.

"진아야!"

"지금 수사 중입니다. 나가 주세요."

"엄마, 아빠!"

"형사님, 제발……. 우리 딸이 사람을 다치게 했을 리가 없습니다."

"이미 증거 나왔고요. 피해자는 사실상 살 수가 없어요."

"증거라니요! 증거라니요! 아니, 살 수가 없다니, 그럼 살인이란 말입니까?"

"아까 현장에서 들으셨잖아요. 피해자가 죽으면 바로 살인으로 넘어갑니다."

"아닙니다! 살인이라니요! 우리 애가 뭘 잘못했다고!"

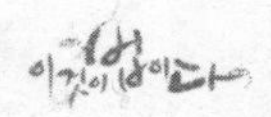

아버지로 보이는 남자는 손을 벌벌 떨었다.

하긴 자기 자식 인생이 박살 나는 걸 실시간으로 보고 있으니 당연한 거다.

그걸 알기에 노형진이 이런 뻥카를 쓰는 거고 말이다.

물론 정확히는 뻥카는 아니다.

법리적으로는 아직 확정되지 않았을 뿐 충분히 중상해가 성립된다.

물론 죽으면 진짜 살인이 될 수도 있다.

"따님이 조혈 모세포를 기증하겠다고 계약한 후에 도주했습니다. 그로 인해 기증 대상자는 현재 무균실에서 죽음만 기다리는 상황이고요."

"네?"

정신이 아득해지는 소진아의 아빠.

자신이 병원에서 딸을 강제로 끌고 왔으니까.

"현행법상 이건 대놓고 중상해입니다. 만일 따님이 기증 의사를 밝히지 않았다면 환자의 면역 시스템도 붕괴시키지 않았을 테니까요."

하지만 면역 시스템이 붕괴되었고, 이제 환자에게 남은 건 죽음뿐.

"사실상 이거 살인으로 넘어갈 겁니다."

"아닙니다! 아니에요! 우리 딸이 그런 게 아닙니다!"

다급하게 매달리는 소진아의 아버지.

"아빠, 그만해요."

"제가 시켰습니다! 제가 시켰어요! 제가 시켜서 그런 겁니다! 제발…… 제 딸을 풀어 주세요."

자기 딴에는 딸의 인생을 구하기 위해 그렇게 한 것이었다.

하지만 정작 그런 자신의 행동이 딸을 살인자로 만들 줄은 꿈에도 몰랐다.

그래서 그는 경찰에게 매달렸다.

"제가 강제로 끌고 온 겁니다. 제가 죽였어요……. 제발……."

덜덜 떨면서 매달리는 아버지.

소진아는 그 모습을 보고 자신이 나섰다.

"아니에요. 제가 자의로 거부한 거예요. 아빠는 잘못 없어요. 제가 그만둔 거예요."

"진짜입니까?"

"네, 진짜예요."

"진술로 인정하겠습니다. 바로 구속영장 청구하죠."

"안 돼!"

아버지는 막 끌려가려는 소진아에게 매달렸다.

그 순간 슬쩍 노형진이 끼어들었다.

"실례합니다. 저 이런 사람입니다만."

"누구?"

"변호사입니다."

"변호사요?"

변호사라는 말에 노형진에게 매달리는 소진아의 아버지.

"변호사님, 제발 살려 주세요. 우리 딸은 잘못이 없습니다. 제가 다 잘못했습니다. 그러니 제발 우리 딸 좀 살려 주세요."

"이야기를 들어 보니까 아직 중상해인 것 같더군요."

"네, 그렇습니다만?"

경찰은 모른 척 대답을 했다.

실제로 틀린 말은 아니니까.

"그러면 지금 가서 기증하면 어떻게 됩니까?"

"네?"

"보니까 위험한 상황에 기증을 거절해서 문제가 된 것 같은데, 다시 말하면 환자는 아직 살아 있다는 거 아닌가요? 중상해니까."

만일 죽었다면 당연히 살인이 되어야 하지만 면역 시스템만 붕괴된 것이니 중상해다.

즉, 아직은 환자가 살아 있다는 거다.

"어…… 만약 지금 가서 기증하시면……."

경찰은 잠깐 생각했다.

하지만 이미 알고 있다, 이런 경우는 답이 어떻다는 걸.

"그러면 혐의 없음이 되겠군요."

기증하기로 한 약속을 이행했고 그로 인해 제대로 조혈 모세포 기증을 했다면 그건 혐의가 인정되지 않는다.

그게 실패해서 죽는다고 해도, 기증 계약은 기증이 완료된 시점에서 끝나는 거다.

기증이 완료된 시점에서 그 적응이 성공해서 살든 아니면 실패해서 죽든, 그건 의학의 영역이지 기증자의 영역이 아니니까.

"그렇죠? 기증 계약만 이행되면 혐의 없음이 되는 거 맞지요?"

"일단은 그렇게 되겠지요?"

아버지의 눈이 커졌다.

"하지만 영장이 나온 상태라 보내 드릴 수가 없습니다."

"제발…… 제발 부탁드립니다. 가서 기증하겠습니다. 기증하게 해 주세요."

"하지만 체포 영장이 나온 거라……."

경찰은 떨떠름한 표정으로 말했다.

그런 경찰에게 소진아의 아버지는 눈물을 흘리며 매달렸다.

"제발…… 우리 딸 좀 살려 주세요."

"하아."

"그냥 모른 척해 주시죠. 체포 영장은 구속영장이 아니지 않습니까?"

체포란 말 그대로 데려다가 조사하는 것을 뜻한다.

그러니 강제로 잡아 둘 필요는 없다.

"그러니 가서 기증해 줄 수 있게 해 주시죠. 사람은 살려야 하지 않겠습니까?"

"흠…… 알겠습니다. 사람이 우선이니까요. 하지만 혹시 모르니 제가 동행하겠습니다."

"저도 같이 가죠, 어차피 서울로 가야 하니."

노형진은 그렇게 슬쩍 끼어들었고, 잠시 후 거기에 손채림까지 합해서 네 사람은 서울로 출발했다.

"기분이 좋지는 않아요."

소진아는 뒤를 힐끔 돌아보았다.

걱정스러운 마음에 따라오는 아버지의 차량.

"미안합니다. 하지만 방법이 없습니다. 현실적으로 진짜 처벌받을 수도 있는 상황이니까요."

"그건 그런데, 부모님을 속인다는 게……."

"딱히 속인 건 아니죠. 만일 거절하셔서 진짜로 처벌이 확정되면 부모님도 살인 교사범이 되시는 겁니다."

부르르 떠는 소진아.

"그러면 가서 바로 하는 건가요?"

"네. 바로 조혈 모세포를 뽑아내게 될 겁니다. 다행히 모든 검사는 이미 끝났으니까요."

"이렇게까지 했는데…… 그분이 성공하셨으면 좋겠네요."

"저 역시도 마찬가지입니다."

노형진은 창밖으로 흐르는 도시의 풍경을 바라보면서 말했다.

"저도, 모두가 살 수 있으면 좋겠네요."

소진아의 문제는 생각보다 쉽게 끝났다.

사실과 거짓이 섞여 있는 행동으로 허락을 받아 낸 것이다.

하지만 박성인의 회사인 앤티크광고기획은 상황이 그다지 좋지 않았다.

“제발 부탁드립니다, 사장님. 사흘만 빼 주세요. 사람이 죽게 생겼습니다.”

“이 새끼가, 내가 월급을 너무 많이 줬더니 대가리에 똥이 찼나? 안 된다고 했지? 지금 일이 너무 많은 거 알아, 몰라?”

“일은 늘 많지 않았습니까? 인원이 부족하다고 한 게 벌써 몇 년입니까?”

하지만 그 인원 보충은 언제나 거절당했다.

“지금 있는 인원으로도 충분한데 내가 왜 뽑아?”

“사람이 죽는다니까요!”

“그냥 죽게 놔둬. 알지도 못하는 새끼야 뒈지든 말든 나랑 무슨 상관인데? 넌 내가 시키는 대로 일이나 해. 어디 자기 앞가림도 못하는 새끼가, 뭐? 기증? 지랄하고 빠졌네. 그래, 기증하고 싶으면 니 인생 조지고 기증하든가. 너 기증하면 내가 이 바닥에서 발도 못 붙이게 할 거야! 알아?”

사장인 장익호는 버럭 소리를 질렀다.

“가서 일해!”

박성인은 고개를 푹 숙이고 사장실에서 나왔다.

그걸 보면서 직원들은 안타까운 표정을 지었다.

"박 과장, 너무 신경 쓰지 마."

"살다 보면 그런 일도 있는 거지."

"그런 거 다 신경 쓰면서 어떻게 살아?"

"글쎄요. 신경 쓰지 않고 살 수가 없을 것 같은데요."

그는 쓴웃음을 지으며 말했다.

"다들 지금이라도 새로운 직장 알아보세요."

"뭐? 무슨 소리야?"

"여기, 아무래도 오래가지 못할 것 같아요."

"오래가지 못할 것 같다니? 진짜 왜 그래? 화가 나서 그래?"

"아니요. 그게 아닙니다. 하여간…… 오늘 저녁에…… 〈그것을 알고 싶다〉 보세요."

"〈그것을 알고 싶다〉?"

"보시면 알아요."

고개를 갸웃하는 사람들.

그리고 '보면 안다'는 아리송한 말, 그 말의 뜻을, 그들은 그날 저녁 방송이 끝나고서야 알 수 있었다.

"오늘 전혀 상관없는 주제인데?"

〈그것을 알고 싶다〉의 오늘 주제는 사기와 관련된 이야기였다.

"도대체 뭘 보란 거야?"

박성인과 같은 직장의 상관인 김성광은 텔레비전을 보면서 고개를 갸웃했다.

평소와 별반 다를 게 없는 이야기.

자신들과 아무런 관련도 없는 이야기.

그러나 맨 마지막에 나오는 자막을 보고, 그는 깜짝 놀랐다.

자본주의의 살인

기업의 강제적 압력으로 인해 조혈 모세포 기증을 실패한 분들을 찾습니다.

매주 〈그것을 알고 싶다〉는 취재하고자 하는 사건의 정보원을 찾는다. 그걸 보고 많은 사람들이 제보를 한다.

당연하게도 지금 방송에서 하는 말이 뭔지, 김성광은 모를 수가 없었다.

조혈 모세포 기증을 시도하였으나 회사에서 금전적 이유 때문에 기증을 방해받은 분들을 모십니다. 한 해 수만 명의 사람들이 타의에 의해 기증 의사를 철회하고, 그 때문에 수만 명의 환자들이 죽음을 맞이하고 있는 현실. 그 뒤에는 단 사흘의 시간이 아까운 자본주의가 있습니다. 극단적 자본주의의 살인. 제보자들을 모십니다.

"저…… 저……."

회사가 작기 때문에 그 안에서 무슨 일이 벌어지는지 그들은 모두 안다.

그리고 박성인이 사흘만 달라고 빌던 모습도 봤다.

그런데 이런 내용이 나온다?

김성광은 다급하게 전화기를 들었다.

—네, 박성인입니다.

"야! 너 지금 방송 나온 거 뭐야?"

—…….

"너 설마 아니지?"

—이미 제보해 놨어요. 녹음 파일도 제공했고.

"야, 이 미친 새끼야!"

—이미 늦었어요. 경찰에게서 연락이 왔어요, 살인 교사로 수사 들어간다고.

"사…… 살인 교사?"

—죽을 걸 알면서도 강제했잖아요. 저 내일 회사 안 나갑니다. 일단 살인죄는 피해야 하니까 기증하러 갈 겁니다. 어차피 그 회사, 오래 못 가요.

당연히 오래 못 간다. 갈 수가 없다.

이 정도로 세게 때려 버렸는데 계속 살아남는다면 그게 비정상적인 거다.

"우리는 어쩌라고!"

-지금이라도 다른 곳을 알아봐야지요.

"무슨 수로, 이 새끼야!"

-업체를 가지고 가면 되잖아요.

"업체?"

-어차피 이거 터지면 우리랑 일하는 회사들 다 날아가요.

업체들이 미친놈도 아니고, 살인범이 운영하는 회사와 손잡고 싶어 할 리가 없다.

물론 광고에 그런 정보는 들어가지 않지만, 혹시라도 그 사실이 드러나면 진짜 회사가 망하는 수도 있다.

광고라는 것은 이미지가 핵심이다.

그런데 그런 이미지를 망가트릴 수 있는 변수를 광고 회사가 좋아할까?

-미리 관련 정보를 빼내서 다른 광고 업체로 가면 어떻게 되겠어요?

박성인의 말에 김성광은 침을 꿀꺽 삼켰다.

배신이라고 할 수도 있다.

하지만 현실적으로 지금 있는 회사가 악덕 기업인 것은 사실이다.

일본식 표현을 빌리자면 블랙 기업 같은 거다.

“너 진짜 작심했구나.”

–그래야지요. 더 이상 더러운 꼴은 못 보겠으니까.

사람의 목숨이 걸려 있는데 단 사흘의 휴가를 주지 않는 기업들.

물론 그게 살인이 될지 안 될지는 모른다.

애초에 판례도 없고 직접적인 공격도 없었으니까.

하지만 하지 않으면 죽는다는 걸 알고 있었고, 그런데도 하지 말라고 한 것은 결국 그 블랙 기업들이다.

–저라면 다른 기업에 전화해 볼 거예요.

그리고 끊어지는 전화.

순간 김성광은 아차 싶었다.

가장 먼저 제보한 것은 박성인이다.

당연히 그는 거래처를 빼내서 다른 곳으로 가기로 이미 약속도 했을 것이다.

거기까지 생각이 미치자 김성광은 마음이 다급해졌다.

“어쩌지? 어떤 것으로 빼 가지? 아니, 잠깐만…… 제일 좋은 건…… 박성인 그놈이 빼냈을 거야. 그러면 남은 건…….”

그는 고민하다가 적당한 거래처 하나를 찾았다.

얼마 전에 계약하고 제작에 들어가기 직전의 중견 기업이었다.

자신이 전담 직원이니 박성인이 빼낼 수도 없는 곳이다.

김성광은 거기까지 생각이 미치자 주저하지 않고 전화를

들었다.

"안녕하세요. 늦은 시간에 죄송합니다. 앤티크광고기획의 김성광입니다. 긴히 말씀드릴 게 있습니다."

그런 전화가 사방에서 이루어지고 있었다.

⚖

"인터넷에서 난리가 났네."

"난리가 날 수밖에 없지."

경찰에서는 이번 사건을 살인 교사로 보고 수사에 들어간다고 발표했다.

그리고 인터넷에서는 그런 제보가 계속 올라오고 있었다.

회사 때문에 결국 기증을 못 했다는 제보.

그리고 그 제보를 본 피해자의 가족들 역시 글을 올리기 시작했다.

그렇게 갑자기 기증을 거부한 사람들 때문에 가족이 죽었다는 제보.

법률 프로그램에서는 이것이 살인이 될 것이냐에 관한 토론이 계속되고 있었다.

물론 그런 프로그램에서 토론을 하도록 돈을 준 것은 노형진이다.

그걸 모르는 사람들은 사실상 이게 살인이 아니냐며 몰아붙이기 시작했다.

사람들은 약자를 응원하고, 더군다나 아이들이 있다면 무조건적인 보호 대상으로 본다.

아이들이 그러한 기증 거부로 사망했다는 소식에 극도로 분노한 사람들은 살인마 기업을 찾기 시작했고, 회사의 압력에 못 이겨 기증을 거부했던 사람들은 너도나도 양심선언을 하기 시작했다.

"왜 갑자기 양심선언을 하는 거야?"

"기증자들이니까."

"그게 뭔 소리야?"

"이기적인 사람들은 기증 신청 자체를 하지 않아. 너도 알잖아?"

손채림은 고개를 끄덕거렸다.

이기적인 사람이 과연 남을 위한 조혈 모세포 기증에 동의할까?

안 한다.

설사 한다고 하더라도, 아예 초반에 거절해 버린다.

그러나 초반에 거절하는 건 상관없다.

면역 시스템이 살아 있기 때문에, 그 문제로 사람이 죽을 일도 없고 또 다른 사람을 찾아볼 시간도 있으니까.

"하지만 이번 사건처럼 막판에 회사 때문에 기증을 못 한 사람들은 기본적으로 선한 이들이야."

마음이 약할지언정 악하지는 않다.

"그런 사람들이, 남이 자기 때문에 죽었다고 생각했을 때 양심의 가책을 느끼지 않을까?"

"설마?"

"물론 사람마다 다르겠지. 하지만 그 회사에 다니는 동안 내내 양심의 가책을 느끼면서 과연 오래 다닐 수 있을까?"

"불가능하겠네."

"불가능하지. 내가 장담하는데 대부분은 이직했을 거야."

자신에게 사람을 죽이라고 시킨 회사를, 정상적인 사람이라면 계속 다닐 수가 없다.

"그러나 지금까지는 입 닥치고 있었겠지."

그걸 처벌할 방법도 없다고 생각했으니까.

"하지만 언론에서 신나게 씹어 대기 시작했지. 그러면 무슨 생각이 들겠어?"

"밉겠구나."

자신을 이런 고통 속에 살게 만든 회사가 밉지 않다면 그건 사람이 아니다.

"당연하게도 복수하고 싶어 하겠지."

그 복수의 방법이 무엇인가는 상황에 따라 달라지겠지만, 이 경우는 바로 인터넷의 양심선언이다.

"그것도 실명을 까고 하는 거지."

"하지만 이렇게까지나 많다고?"

양심선언이라고 올라오는 글이 수백 개가 넘어간다.

퍼 가는 사람들도 있고 가짜도 있겠지만, 그래도 생각보다 더 많았다.

"당연한 거야. 이들 입장에서는 기증이 실패했다는 것이 중요한 거거든."

"아!"

기증한 사람에게 상대방이 죽었는지 살았는지는 알려 주지 않는다.

상대방의 신분도 알려 주지 않는다.

대략적인 정보, 나이와 성별 정도만 제공하는 게 보통이다.

"즉, 초기 기증 실패도 기증 실패란 말이지."

당사자의 입장에서 화학요법에 들어가기 전에 회사에 상황을 설명하고 승인을 받으려고 하는 사람들도 있다.

연락이 오면 입원 과정에 대해 기본적으로 설명해 주니까.

"그런데 거기서 안 된다고 하면 그냥 기증 실패거든."

그러면 그 상대방이 다른 기증자를 만났는지, 아니면 죽었는지, 그도 아니면 다른 방법을 써서 살아남았는지 알 수가 없다.

"중요한 건 기업 때문에 기증에 실패했다는 거지."

"너도 그냥은 안 넘어가는구나."

"넘어갈 만한 문제가 아니잖아."

자의도 아니고, 타의에 의해 기증이 실패하고 그로 인해 사망자가 발생한다.

생존의 기회가 단 몇십만 원 때문에 사라진다.

“그게 정상적인 상황은 아니잖아?”

노형진은 어깨를 으쓱했다.

“다행히 이번에는 두 분 다 살았지만.”

노형진의 계획 덕분에 두 사람 다 살아남는 데 성공했다.

“하지만 이번 기회를 이용해서 확실하게 못 박아야지.”

기증을 막는 것은 살인이라는 이미지를 전국에 박아 두고 그런 회사들을 몇 군데만 망하게 한다면, 다시는 그런 헛짓거리를 하는 사람은 없을 것이다.

“망하게 한다라…….”

“망하게 해야지. 사람 목숨 위에서 서 있는 기업은 정상적인 기업일 수가 없어.”

노형진의 말에 손채림은 고개를 끄덕거렸다.

어떤 기업은 조혈 모세포 기증을 위해 입원하면 휴가를 주고 사장이 좋은 일을 한다며 직접 병문안을 오고 심지어 금일봉까지 하사하는데, 어떤 곳은 단 몇만 원 때문에 휴가도 안 주고 착취에 눈이 멀어 사람을 죽게 몰아붙인다.

“그런 놈들은 망해도 싸지.”

“그래, 망해도 싸지.”

노형진은 고개를 끄덕거렸다.

⚖

한번 시작된 인터넷상의 고발은 자연스럽게 기업의 실명을 까는 쪽으로 흘러가기 시작했다.

어차피 실명을 까지 않아도 대충 어떤 기업인지 정보는 다 흘려 놓은 편인지라, 악착같이 직원을 쥐어짜던 회사들은 난리가 났다.

물론 실제 사건으로 연결된 곳도 몇 군데 있었다.

“저도 하고 싶었지요. 그런데 회사에서 거기에 기증하러 가면 죽여 버린다는데 뭐라고 합니까?”

“그러면 좀 빨리 말하든가요. 화학요법까지 다 끝내 놓고 면역 시스템이 붕괴된 상황에서 도망을 가요? 그건 살인입니다, 살인!”

경찰의 말에, 진짜 살인자가 된 직원들은 숨이 턱턱 막혔다.

그동안의 기록을 확인해서 일정 한계, 즉 화학요법이 끝난 시점에서 도망간 사람들을 죄다 살인으로 기소하기 시작한 것이다.

물론 법률적으로 아직 확실하게 자리가 잡힌 것은 아니었다.

하지만 기증도 결국은 계약의 하나이고, 수차례의 의견 교환이 있었으며, 철회 시에 환자가 사망한다는 사실에 대해 인지하고 있었다는 점 때문에 미필적고의에 의한 살인이라는 가능성이 대두되기 시작했던 것.

"애초에 안 한다고 했으면 되잖아요."

"회사에서 그렇게 말할 줄 몰랐다니까요!"

"그러면 살인을 교사한 것은 결국 회사라는 거네요?"

"아니, 살인을 교사한 게 아니라……."

"그러면 환자가 죽는다는 걸 알고도 단독적으로 기증 계약을 깬 건가요?"

"아니요……. 회사에서 시킨 건 맞아요."

"잘 생각하세요. 제대로 증언해야 책임 문제가 안 불거집니다."

직원은 침을 꿀꺽 삼켰다.

"회사에서 시킨 거 맞아요."

"맞지요?"

"네."

"증언해 줄 사람 있어요?"

"있지요."

그렇게 빠르게 퍼지는 살인마 기업들.

대기업들 중에는 그런 곳이 없었지만, 중소기업들 중에는 수두룩했다.

특히나 이번 사건의 발단이 된 앤티크는 치명적일 정도의 타격을 입었다.

—그 새끼가 뒈지든 말든 대체 무슨 상관인데?

–고작 다섯 살짜리를 죽게 놔둘 수는 없습니다.

–그러면 네 자식을 죽여, 이 새끼야. 왜 알지도 못하는 새끼를 살리는데 내가 피해를 봐야 되냐고!

–사흘입니다. 딱 사흘만 주시면…….

–그냥 죽게 놔둬! 그런 새끼한테는 사흘이 아니라 세 시간도 아까워! 나가서 일해, 이 새끼야!

전국으로 방송된 사장의 말은 아무리 변조했다지만 사장을 아는 사람들은 금세 알아차릴 수밖에 없었고, 당연히 거래하던 회사들은 다급하게 손절을 하기 시작했다.

"사장님…… 사장님. 그러지 마세요. 제가 잘못한 게 아닙니다. 그 새끼가……!"

–장 사장, 아직도 정신 못 차렸네? 길게 통화하지 맙시다. 어차피 오래가지도 못할 것 같으니까.

"사장님!"

하지만 가차 없이 끊어지는 전화.

앤티크의 장 사장은 멘탈이 나간 듯 전화기만 망연자실하게 바라보았다.

"씨발!"

방송에 뉴스가 나간 후에 출근하는 직원은 단 한 명도 없었다.

그를 맞이한 것은 책상에 있던 직원들의 사표였고, 사방에서는 살인마 기업 앤티크광고라는 소문이 돌았다.

물론 앤티크만 그 꼴이 난 것은 아니었다.

지난 수십 년간 그런 식으로 직원들을 쥐어짜면서 사람을 죽이는 데 일조했던 기업들은 죄다 터져 나가기 시작했다.

"이럴 수는 없어…… 이럴 수는……."

앤티크광고의 장 사장은 머리를 부여잡으며 현실을 부정하고 싶었다.

하지만 불가능했다.

그나마 다행인 것은 박성인이 그만두고 나가서 살인죄에 대한 처벌은 받지 않는다는 거지만, 아직 살인 교사에 대한 법적인 판단은 나오지 않은 상황이었다.

쾅!

그 순간 열리는 문. 그리고 안으로 쏟아져 들어오는 사람들.

"이 새끼야! 너, 뭔 짓을 한 거야!"

그들은 회사에 투자한 투자자들이었다.

고작 직원 열다섯 명이라고 할지도 모르지만 고작이 아니다.

직원 열다섯 명을 고용하여 회사를 운영하기 위해서는 당연히 한 달에 5천만 원 이상의 돈이 들어간다.

즉, 투자자가 없으면 애초에 시작도 못 한다.

그렇다 보니 현실적으로 투자자를 모집하지 않을 수가 없었고 때마다 그들에게 이익을 배분해 줘야 하는데, 그게 불가능해진 것이다.

"이 씨발 새끼야!"

장 사장의 멱살을 잡고 흔드는 투자자들.

"내 돈 내놔! 내 돈!"

"경찰 불러!"

완전히 망해 버리게 된 장 사장은 이런 상황에 갑자기 웃음이 나왔다.

"하하하하."

"웃어? 웃어?"

그가 웃음을 터트리자 시작되는 폭행.

그러나 그의 웃음은 멈추지 않았다.

"하하하하."

앤티크는 시작일 뿐이었다.

제3의눈은 이번 사건과 관련된 모든 기업과, 그들과 거래하는 모든 기업에 대하여 합법적인 선에서 보복하겠노라고 천명했다.

그렇잖아도 제3의눈이 가진 위력은 너무나 강했기 때문에 거래하던 기업들은 너도나도 손절을 하기 시작했다.

정치권에서는 이제야 다급하게 조혈 모세포의 기증을 방해하거나 협조 요청을 거부하는 기업들에 대한 처벌을 하겠노라고 설치기 시작했다.

"참 빨리도 바꾼다."

노형진은 처벌을 보면서 혀를 끌끌 찼다.

이런 처벌은 오래전에 이루어졌어야 했는데 결국 그들이 그러한 처벌을 하지 않음으로써 지금의 문제를 만들어 낸 것이다.

"그러면 이제 끝난 건가?"

"일단은 끝났지."

아직 법리적인 판단은 남아 있다.

하지만 그건 노형진이 판단할 일이 아니다.

재판부에서 판단하고, 그 후에 법에 적용되게 될 것이다.

"진짜 절묘하기는 하네."

"확실히 애매하기는 하지."

이런 사건은 책임의 영역이 애매하다.

기증은 자유다. 하지만 그 약속으로 인해 생명이 위험해진 경우, 그리고 그걸 알면서도 도주한 경우 그건 미필적고의가 될 수밖에 없다.

"기증도 결국 일종의 계약이거든."

"그래도 의외로, 반대로 늘어났다?"

기존의 기증 단체에서 가장 두려워했던 것은 그러한 고발로 인해 사람들이 기증을 거부하는 것이었다.

"그래서 내가 표적을 기업으로 잡은 거야."

물론 자기가 갑자기 겁이 나서 도망가는 사람도 있다. 하지만 대부분은 가족 또는 기업의 반대로 기증을 철회한다.

"아예 다른 기업을 공격함으로써 기증자에 대한 이미지를 지킨 거지."

그들의 잘못이 아니다.

기업에서 방해해서 그들이 살인자가 된 것이다.

실질적으로 살인을 시킨 것은 기업이라는, 일종의 속임수다.

하지만 사람들은 그걸 보고 기증자를 욕하는 게 아니라 기업을 욕했고, 그 후에 즉흥적으로 조혈 모세포 기증을 신청했다.

"하지만 순간적인 감정에 하는 거잖아. 나중에 진짜로 하려고 할까?"

"최소한 검사 대상이 많다면 한 명이라도 더 설득할 수 있지 않겠어?"

"하긴 그러네."

손채림은 고개를 끄덕거렸다.

한 명이라도 기증자가 더 있다면 한 명이라도 더 살릴 확률이 높아진다.

"그리고 확실하게 사례가 생겼으니까."

화학요법 이후의 기증 거부는 살인이라는 확실한 이미지를 박았다.

"하지만 아직 재판부에서 나온 건 아니잖아."

"그렇지. 하지만 그게 끝이 아니야."

"아니라고?"

"민사소송이 있잖아."

"아!"

어찌 되었건 그들이 기증을 거부하고 도망감으로써 사망이라는 결과가 발생했다.

형사적으로 어떻게 처벌을 피한다고 해도, 이런 경우 민사소송은 피할 수가 없다.

"누누이 말하지만, 기증도 일종의 계약이거든."

다만 한쪽에 유리한 계약이다.

"하지만 그 계약이 양자 동의하에 체결된 거라면, 그때부터는 위반 시 당연히 배상 책임이 발생하지."

노형진은 그 문제로 이미 도주한 사람들과 협상 중이다.

그들은 그렇게 될 줄 몰랐다면서 적극적으로 회사가 방해한 것을 증명하고 나섰고, 그걸 방해했던 회사들은 외부로 공개되면서 심각한 타격을 받고 있었다.

"이렇게 한번 난리가 났으니 사람들도 기증을 결심할 때에는 진지하게 생각하겠지."

"회사에서도 그걸 막지 못하게 되고 말이지?"

"그 말이 정답이야."

현재 기증률은 대략 10% 정도. 그 두 배만 되어도 조혈 모세포 기증으로 살 수 있는 사람은 두 배가 된다.

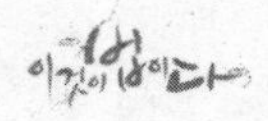

"이번에는 진짜 다급하게 일했네."
손채림이 의자에 기대앉으며 말했다.
"그러니까."
"그래도 더 많은 사람을 구할 수 있어서 다행이야."
그러자 노형진은 고개를 저었다.
"아직은 끝난 게 아니야."
"응? 끝난 게 아니라고?"
"다른 나라들과 유전자 공유 작업을 하는 게 가능하다면 그걸 시도해 보려고."
"그게 무슨 소리야?"
"기증자는 한국에만 있는 게 아니잖아."
한국에만, 혹은 미국에만 기증자가 있는 게 아니다.
인종적인 차이 때문에 확률이 떨어질 뿐이지 아예 다르지는 않다.
더군다나 미국에도 한국인 환자나 이민자는 넘쳐 난다.
"설마?"
"맞아. 그런 사람들이 서로 왕래할 수 있다면 더 많은 사람들이 살 수 있겠지."
실제로 백인 환자에게 흑인이 기증한 적도 있을 만큼, 유전자라는 건 누구한테 맞을지 알 수가 없다.
"그게 불가능한 것도 아니고."
"아! 미국에 있는 병원들!"

"맞아."

미국에 있는 병원들을 통해 한국과 다른 나라의 기증자들을 연계하고 그들의 유전적 풀을 교차 채취해서 항공편으로 보낸다면?

"넌 뭐 하나 허투루 넘어가는 법이 없구나."

"사람을 구하기 위한 거잖아. 사람이 생명이 달린 일인데 제대로 해야지."

노형진은 그게 자신의 의무라고 확신하고 있었다.

킹 오브 킹

두한.

한국의 대기업 중 하나이자 노형진과 전생에서도 악연으로 이어진 기업.

그러나 이번 생에서 두한은 노형진의 공격에 치명적인 타격을 입고 있었다.

특히 미국과 전 세계에서 입은 징벌적 손해배상에 관련된 피해는 너무 심각해서, 두한의 주요 사업체들을 팔아야만 할 정도였다.

"이래서는 성화와 똑같지 않나!"

한때 한국의 대기업 중 하나였던 성화는 대룡과 노형진에게 당해서 역사 속으로 사라졌다.

현재 두한 역시 그런 상황이었다.

"이대로는 우리 자리도 보전 못 해. 무슨 뜻인지 알아!"

두한의 회장인 이상주는 입술이 바짝바짝 말랐다.

그럴 수밖에 없는 게, 그의 우호 지분이 무섭게 빠지고 있었기 때문이다.

특히 방사능 철강 사태 이후에 두한철강은 판매량이 30%로 줄어들었고 두한자동차는 팔아 버려야 했다.

그나마 알짜배기인 두한자동차를 팔아서 살아남는 데에는 성공했지만, 그 타격으로 인해 우호 지분이 점점 빠지기 시작하더니 이제 거의 그를 쫓아내려는 쪽과 비등한 수준이 되어 버렸다.

"한국의연금까지 포함해서 그 지경이면 심각한 문제란 말이다."

이상주의 말에 그의 아들 이문소는 고개를 들 수가 없었다.

애초부터 자신들이 노형진만 건드리지 않았다면 일어나지도 않았을 일이었기 때문이다.

'아니, 아들만 제대로 간수했어도…….'

이미 정신병원에 가 있는 아들, 이택수.

기업의 차기 회장으로 키우고 싶었던 이택수는 이제 다시는 돌아올 수 없는 강을 건넜다.

"아버지, 진정하세요."

"진정? 진정하게 생겼나!"

이번 회의에서도 아니나 다를까 해임안이 올라왔지만, 다행히도 고작 0.34% 차이로 부결되었다.

즉, 반대파에서 누군가를 조금만 더 설득하거나 주식을 긁어모으면 자신들은 끝장이라는 거다.

"너도 내가 회장직에서 잘리면 무슨 꼴을 당할지 모르지는 않을 텐데?"

그나마 사이가 좋은 사람이 물려받으면 다행이다.

하지만 사이가 좋지 못한 사람이 물려받으면, 모든 자료를 조사하고 경찰에 고발해서 사실상 감옥에서 나오지 못하게 될 것이다.

빼돌린 돈이 아무리 많다 해도 결국 그걸 쓸 수 있는 곳은 사회다.

"성화 꼴이 되고 싶은 거냐?"

으르렁거리는 이상주.

이문소는 그런 아버지를 보면서 침을 꿀꺽 삼켰다.

한다고 하면 뭐든 하는 사람이 바로 이상주다.

필요하다면 아들인 이문소에게 죄를 뒤집어씌우는 짓도 얼마든지 해치울 것이다. 사람을 죽이는 계획쯤은 충분히 짤 수 있는 사람.

"이 상황을 어떻게 할 거냐? 조금만 더 있으면 마이스터에서 주식을 따라잡는단 말이다."

노형진은 두한에 대한 복수를 서두르지 않았다.

두한의 문제는 회장과 부회장 두 사람뿐이니까.

물론 성화 같은 경우는 대룡과 유민택이 적으로 확실하게 못을 박아서 밟아 버렸지만, 노형진은 두한까지 날려 버릴 생각은 없기에 이상주와 이문소의 해임과 처벌 선에서 끝내려고 준비 중이었고, 마이스터에서 그걸 위해 두한의 주식을 긁어모으고 있었다.

당연히 회장 이상주가 마이스터와 적대적이라는 상황을 알게 된 많은 우호 주주들이 변절하면서 이상주와 이문소는 점차 무너지고 있는 상황.

"지금이라도 노형진을 죽인다면……."

"무슨 멍청한 소리를 하는 게냐! 우리를 공격하는 건 마이스터야! 노형진이 그들의 대리인이라곤 하나, 그놈이 죽는다고 해서 마이스터가 공격을 멈출 것 같아?"

"그러면 방법이 없습니다. 현재 상황에서, 우리가 막을 수 있는 방법이 없단 말입니다."

회사가 작아지는 게 슬프기는 하지만, 그리고 권력이 사라지는 게 서럽기는 하지만 지금 이 자리만 지킬 수 있으면 된다.

하지만 그조차 안 된다는 게 문제다.

자신들이 물러나는 순간 누가 다음 회장으로 예정되어 있는지는 그들도 안다.

해임안이라는 것은 반대로 말하면 다른 회장에 대한 승인안이기도 하니까.

그리고 그는 자신들에게 극도로 적대적이다.

“만일 그놈들이 과거의 사건들을 찾아낸다면…….”

이상주는 이를 뿌드득 갈았다.

그럴 수밖에 없는 게, 돈을 횡령한 사건 같은 건 그래도 어떻게 막을 수가 있다.

설사 걸린다고 해도 한국은 이런 화이트칼라 범죄에 대해 무척이나 관대한 나라이기 때문에 기껏해야 5년쯤 살고 나오면 되고, 그나마도 적절히 항소하면서 시간을 끌면 3년 안에 나올 수도 있다.

그러나 사업을 하면서 죽여야 했던 수많은 사람들.

그 사실들이 발각되면, 아무리 자신들이라고 해도 쉽게 나올 수가 없다.

‘그리고 노형진 그놈이 문제야.’

노형진의 시선에서 느껴지는 냉기와 경멸.

그 시선을 보고 있노라면 노형진이 그 살인에 대해 알고 있다는 것을 느낄 수 있다.

그리고 노형진은 실제로 두 사람이 명령한 살인에 대해 조금은 알고 있었다.

다른 건 몰라도 기억을 읽어 내는 사이코메트리 능력이 있는 노형진을 속일 수는 없으니까.

“화를 낸다고 해서 문제가 해결되는 것은 아닙니다, 아버지. 이렇게 된 이상 차라리 노형진에게 가서 사과를 하고…….”

그 순간 '퍽!' 하고 메모지 정리대가 날아가 이문소의 머리에 부딪쳤다.

"멍청한 놈! 그놈이 사과를 받아들일 놈이냐! 더군다나 사과한다고 한들, 그놈은 우리가 물러나게 하고 권력을 다 잃게 할 것이야! 우리의 적이 어디 그놈뿐이냐!"

"……."

권력은 자신들이 누리는 것임과 동시에 자신들을 지키는 것이기도 하다.

그 때문에 그들은 그 권력을 잃어버리지 않기 위해 노력해 왔다.

"이 상황에서 그대로 당하면 우리는 누구에게든 죽은 목숨이야!"

"……."

고개를 숙이고 있던 이문소는 정신이 번쩍 들었다.

'누구에게든'이라는 말. 그리고 '우리의 적이 어디 그놈뿐이냐'라는 말.

아버지와 자신에게는 적이 많다.

그렇다면 노형진은 어떨까? 마이스터는 어떨까?

"아버지, 노형진의 다른 적과 손잡으면 어떨까요?"

"노형진의 다른 적?"

"그렇습니다. 우리도 적이 많지만 노형진도 그렇지 않겠습니까?"

"하지만 노형진은 적을 살려 두는 타입이 아니다."
지금까지 많은 적이 있었고 많은 싸움이 있었다.
하지만 일단 싸움이 시작되면 노형진은 상대방을 철저한 파멸로 몰고 갔다.
특히 보복의 가능성이 있는 사람이라면 절대로 재기하지 못하도록 만들어 버렸다.
"아직 그 지경까지 가지 않은 자들이 있지 않습니까?"
"그게 누군데?"
"대동 말입니다."
"흐음, 대동이라……."
이상주는 턱을 문질렀다.
확실히 그는 대동의 문제에 대해 그다지 신경 쓰지 않았다.
한국 내부에서는 대동의 계열사 서열이 아주 낮은 데다가, 일본 내부에서 대동의 싸움이 시작되면서 그마저도 깡그리 빼 가는 바람에 한국에서는 굳이 신경 쓸 일이 없었으니까.
반대로 두한은 일본으로의 진출을 매번 실패해서, 일본 시장에 관해서는 그다지 관심이 없었다.
"하지만 대동과 대룡이 싸우는 건 누구나 다 아는 사실이지요."
"그렇지. 대동이 한국 진출을 할 때 대룡부터 죽이려고 덤볐으니까. 그렇겠군. 내부 사정은 모르지만 노형진은 유민택의 지낭이지."

일본에서의 싸움에 그다지 관심을 보이지 않았지만, 대룡이 일본 내부에서 대동을 무너트리기 위해 싸웠다면 무조건 노형진의 도움이 필요했을 수밖에 없다.

지낭으로서의 역할도 그렇고, 마이스터의 대리인으로서의 역할도 그렇다.

“그 말은, 대동이 노형진의 적이기도 하다는 것을 뜻하지 않겠습니까?”

“확실히 일리가 있구나, 아들아.”

대동과 대룡의 싸움이지만, 대룡이라면 거의 필연적으로 노형진과 통할 수밖에 없는 구조다.

“그러니 그들과 손잡도록 하지요.”

“하지만 그들이 과연 우리와 손을 잡을까?”

“잡을 수밖에 없을 겁니다. 현재 일본의 상황이 그다지 좋지는 않지 않습니까?”

지금 일본의 야베는 코너에 몰린 상황이었다.

얼마 전 영국이 임시정부를 인정하면서 국제적으로 사실상 야베를 돕는 것을 거절한 상황.

“그리고 제가 들은 정보에 의하면, 신동성이 현 야베 정권과 아주 친밀한 관계를 가지고 있다고 합니다.”

“야베가 몰락하면 그도 몰락하겠군. 내부에서 싸우는 중이니까.”

“그걸 막고 싶겠지요.”

이상주는 고개를 끄덕거렸다.

"가서 만나 보거라."

"알겠습니다, 아버지."

이상주의 말에 이문소는 고개를 끄덕거렸다.

하지만 결론적으로 말해서, 한국에서 일본으로 들어갈 방법이 없었다. 쿠데타 이후에 모든 항공편이 다 정지되었기 때문이다.

하지만 그렇다고 해서 아예 방법이 없는 것은 아니었다.

-상황이 상황이니 이런 만남을 가지는 것에 양해 부탁드립니다, 이문소 부회장님.

"아닙니다, 신동성 사장님."

인터넷 화상 전화를 통해 대면한 두 사람.

두 사람은 처음 보는 사이였지만 서로의 얼굴에서 탐욕을 읽을 수가 있었다.

'이런 사람이라면 믿을 만하지.'

착해서?

아니다. 이득이 된다면 배신하지 않을 얼굴이기 때문이다.

특히나 이 둘은 노형진이라는 공동의 적을 두고 있는 사이였다.

"얼마 전에 드디어 싸움을 정리하셨다고요?"

-뭐, 대충 정리되었습니다.

신동하는 해외로 도주했고 신동우는 야베에게 잡혀갔다.

그리고 신동우를 지지하던 세력 역시 야베를 통해 정리하자, 순식간에 대동은 신동성의 손아귀에 떨어졌다.

그렇게 오랫동안 계속된 그들의 싸움의 결말치고는 너무 허무했다.

"축하드립니다."

–별말씀을요. 그런데 저에게 긴히 하고 싶은 말씀이 있으시다고요?

"노형진에 대해 어떻게 생각하십니까?"

그다음 순간, 이문소는 신동성의 입에서 들리는 뿌드득하는 이빨 가는 소리를 들을 수 있었다.

–사이가 좋다고는 말할 수가 없겠군요.

"그 점에서는 저희도 마찬가지입니다. 아실 테지만, 노형진과 저희 두한은 악연으로 묶여 있지요."

–그건 저도 들었습니다.

"그런 의미에서, 저희와 손잡지 않으시겠습니까?"

–손을 잡는다고 하시면?

"노형진을 몰아내자 이 말씀입니다. 아시겠지만 노형진은 우리 모두에게 심각한 위협입니다."

이 상태로는 얼마 안 가서 두한의 경영진에서 물러날 수밖에 없는 이상주와 이문소다.

신동성 같은 경우는 결국 승리자가 되었지만, 그 싸움의 결과 대동은 엄청나게 쪼그라들었다.

반쪽짜리 승리인 데다 복잡한 상황 때문에, 승리하고서도 정작 회장의 자리에 앉지는 못했다.

—함께 손잡고 노형진을 정리하자 이 말씀이십니까?

"그렇습니다."

—하지만…….

말을 하다가 마는 신동성을 보면서 이문소는 확신했다.

그는 자신들과 같은 타입이라고.

그러니 마음 한구석에는 죽여 버리고 싶은 마음이 있을 거다.

하지만 그 뒤에 있는 존재들이 워낙 크기에 죽일 수도 없는 상황.

—그렇다고 마이스터를 노리는 것은 불가능합니다. 마이스터를 통해 투자하는 재벌들이 너무 많습니다.

현재 마이스터에서 운영하는 총자금은 이미 두 사람의 기업인 두한과 대동의 총자산을 넘어서고 있다.

물론 그 돈을 전쟁에 쓰라고 하지는 않겠지만, 어찌 되었건 마이스터는 그들에게 쏠쏠한 수익을 안겨 주고 있으니 재벌들이 마이스터가 노려지는 것을 가만히 두고 보지는 않을 것이다.

"그래서 저는 생각을 바꿨습니다, 그 둘은 노리지 않는 걸로."

—그러면 누구를 노립니까? 현실적으로 노형진의 가장 든든한 배경은 그들입니다.

"그리고 그 배경은 한 사람과 얽혀 있지요."

미다스.

전 세계 제5위의 부자.

그럼에도 여전히 신분이 가려져 있는 존재.

그리고 미다스라는 이름처럼, 실패를 모르는 투자의 귀재.

다른 한편으로는 전 세계에서 가장 정보력이 뛰어난 존재라고 불리고 있다.

심지어 미국 정보부조차도 몰랐던 정보를 이용하는 인간이니까.

—확실히 미국 내에서 누군가는 알지도 모르겠지만, 그걸 그리 쉽게 알려 주려고 할까요?

정확하게 표현하면 CIA만이 미다스가 바로 노형진이라는 걸 알고 있다.

그리고 그건 현재 미 정부에도 보고가 들어가지 않은 사항이다.

CIA가 비밀 자금을 만들기 위해서는 노형진과 마이스터의 도움이 절대적으로 필요하기 때문이다.

"그들이 아니라고 해도, 미다스의 정체를 알고 있는 사람이 딱 한 명 있습니다."

—한 명? 누구죠? 그런 사람이 왜 우리의 정보에 들어오지 않은 거죠?

"우리는 그녀를 만난 적이 없으니까요. 정확하게는, 그녀가 우리를 부르지 않지요. 사이가 안 좋으니까."

–그녀라니, 도대체……?

"손채림. 미다스의 하늘의 궁전인 아스가르드의 책임자."

–아!

아스가르드는 전 세계를 돌면서 수많은 사람들을 만나고 그들에게 파티 장소를 제공한다.

미다스의 돈을 관리하는 게 노형진이라면, 미다스의 인맥을 관리하는 것은 손채림이다.

–그렇군요. 잊고 있었네요.

그녀가 있기에 미다스는 존재를 드러내지 않으면서도 인맥을 관리할 수가 있다.

"그녀에 대해 조사해 본 적이 있습니다. 그런데 딱 한 번 지나가는 투로 말한 적이 있답니다. 자신이 미다스를 알고 있다는 식으로 말입니다."

정확하게는 노형진이 가짜 죄를 뒤집어쓰고 감옥에 가 있을 때 전 세계의 사업가들을 흔들기 위해 한 말이었다.

실제로 인맥이 중요한 전 세계 경제계에서 그녀가 차지하는 비중은 어마어마해서, 그런 일을 아무에게나 맡기지는 않을 테니 그런 그녀의 발언은 신빙성이 있었다.

"그녀를 통해 미다스를 드러내고 그를 직접 공략하는 겁니다."

미다스가 드러난다면, 그래서 그를 노형진에게서 떼어 낼 수만 있다면.

"노형진은 돈푼이나 좀 쥐고 있는 한낱 변호사에 지나지 않지요."

신동성의 눈이 번쩍거렸다.

-자세하게 이야기를 들을 수 있을까요?

깊은 밤, 그들은 그렇게 은밀한 음모를 짜기 시작했다.

⚖

손채림은 상당히 풍족한 삶을 살아간다.

하지만 그 이면에는 불편한 부분도 있다.

세계적인 셀럽이라고 하면 일단 그녀의 이름이 들어간다.

당연히 그녀를 노리는 사람도 많았기에, 그녀는 상황에 따라서는 경호원을 대동해야 했다.

물론 한국에서는 경호원이 그다지 필요가 없다.

치안이 좋으니까.

하지만 한국이 아닌 다른 나라에서는 경호원이 필요한 경우가 많다.

그래서 경호원들과 함께 움직이던 손채림은 프랑스에서 사고를 당하고 말았다.

"미안합니다. 제가 부주의했네요."

아찔할 정도로 잘생긴 남자.

그가 조심스럽게 미소를 지으며 다가왔다.

그는 능숙한 한국어로 손채림에게 사과했다.

"이거 어쩌죠? 제가 큰 실수를 한 것 같은데."

정차되어 있던 손채림의 차를 긁고 나간 그의 차.

아슬아슬하게 긁고 가서, 문짝이 조금 손상되고 사이드미러가 부서졌다.

"이거, 수리비가 좀 나올 텐데."

물론 손채림이 타고 있는 차는 절대로 싼 게 아니다.

"이거 보험 처리해 주실 수 있는 거죠?"

남자의 차를 힐끔 보며 말하는 손채림.

그녀의 눈에 들어온 것은 맥밀렌 781이었다.

차에 관해서 잘 알지는 못하지만, 맥밀렌 781은 부자들 사이에서 요즘 핫한 스포츠카다.

가격이 7억인가 하는 최고급 스포츠카 중 하나다.

그런 걸 모는 사람인 만큼 손채림이 타고 있던 차를 보험 처리해 주는 것은 어렵지 않아 보였다.

"당연하지요."

남자는 미소를 지으며 바로 보험을 불러서 처리했다.

보험회사도 싸우지 않고 순순히 보험 처리를 하기 시작했다.

누군가의 과실을 따져야 하는 상황이 아니었다.

남자 쪽이 100% 잘못한 거니까.

"괜찮으시면 사과의 의미로 식사를 대접하고 싶은데요."

"식사요? 전 보험 처리만으로도 괜찮은데요."

"아닙니다. 이런 미녀분에게 사과를 드릴 수 있는 기회는 흔치 않지요."

"그렇게 봐 주시니 감사하네요."

"괜찮으시면 제가 초대해도 될까요? 마침 적당한 식당이 있는데요."

정중하게 말하는 남자를 보면서 손채림은 일단 허락했다.

"여기 제 전화번호예요. 적당한 시간에 연락 주세요."

"기회를 주셔서 감사합니다. 그럼."

인사하고 그곳을 떠나는 남자.

그리고 손채림의 차가 견인되어 가자 뒤에 서 있던 여자 경호원이 조용히 말했다.

"뭔가 이상합니다."

"그렇지? 예나가 봐도 이상하지?"

서예나.

한국에서 온 손채림의 경호원으로, 가장 가까이에서 근접 경호하는 사람이다.

원래 흑장미 대대라는 여성 특전사 출신이었다.

그리고 그녀는 대통령 경호실에서도 제대로 훈련받은 요원이었고, 노형진이 손채림의 안전을 위해 고용한 사람이기도 했다.

"어떻게 생각해, 예나야?"

자신보다 연하인 예나에게 손채림은 그렇게 말하면서 뒤쪽으로 시선을 돌렸다.

자신들에게 다가오는 한 대의 차량, 거기에는 세 사람이 타고 있었다.

비상시 그들도 끼어들어서 경호하기 위해서다.

"일단 타시죠."

"그러자."

손채림은 서예나와 함께 바로 앞에 멈춘 차에 탑승했다.

차는 조용히 그곳을 출발했다.

"확실히 이상해. 사고치고는 말이지."

"전형적인 접근 방법입니다."

"전형적인 접근 방법?"

"미인계, 아니 이 경우는 미남계라고 하는 게 맞겠네요. 스파이들이 가장 많이 쓰는 방식 중 하나가 바로 고의적 사고를 통한 접근입니다."

"그런 경우가 많아?"

"그렇습니다. 경호 교육을 받지 않으면 그 사실을 잘 모르니까요."

경호는 단순히 물리적 공격에 대한 경호만을 이야기하는 게 아니다.

심리적 접근 역시 주의해야 한다.

왜냐? 심리적인 동조를 통해 자리를 만든 후에 따로 은밀하게 만나서 암살을 시도하는 경우도 많고, 쥐고 흔들어서 정보를 빼내려는 경우도 많으니까.

"보통은 미인계로 많이 쓰입니다만."

간단한 접촉 사고 후에 사과의 의미로 식사를 청하고, 그 과정에서 친밀감을 쌓고 점점 자주 만나며 애정을 품게 한다.

범죄자들이 주로 쓰는 방법이며, 또 누군가에게 접근할 때 가장 많이 쓰는 방법이다.

"확실히 잘생기기는 했더라."

손채림은 아까 그 남자의 얼굴을 생각하면서 곰곰이 생각에 빠졌다.

그 남자가 그리워서?

아니다. 그녀도 노형진과 일하며 많은 경험을 했다.

그러면서 배운 것 중 하나가, 바로 원인이 없는 결과는 없다는 것이었다.

"그다지 사고가 날 만한 상황도 아니었고……."

자신은 우회전을 준비 중이었는데, 상대방이 직진하려고 하다가 긁은 사고.

완벽하게 자신의 과실은 없는 사고.

"그런데 아무리 돈이 많다고 해도 차를 그딴 식으로 몰지는 않지."

더군다나 신호에 걸려서 속도가 나지도 않는 상황이었다.

아무리 그 남자의 차선이 직진 차선이었다고 해도, 끼어들기나 차선 변경을 하려는 것도 아닌데 그렇게 가까이 붙어서 손채림의 차만 긁는다?

"그런 상황이라면 채림 양의 뒤쪽에 있던 차들과 먼저 충돌했어야지요."

서예나는 차갑게 말했다.

누가 봐도 어설프다.

"어떻게 생각해?"

"누군가가 채림 양에게 접근하고 싶어 한다, 그래서 번호를 주신 거 아닌가요?"

"역시 예나는 날카롭네."

고개를 돌려서 흘러가는 풍경을 바라보는 손채림.

"너무 잘생긴 얼굴, 우연한 사고, 그 사고의 현장에서 웃으면서 하는 데이트 신청. 너무 어이없는 조합이잖아?"

"확실히 그 남자, 스파이로 훈련받은 사람은 아니더군요. 국가조직에 속한 남자는 아닐 거라 생각합니다."

"그러니까 이상한 거야."

무려 7억짜리 차를 긁어 가면서 자신에게 접근했다.

그런데 국가조직은 아니다.

기업들이 없는 것은 아니나, 현실적으로 세계의 대부분의 기업들은 손채림의 연락처를 알고 있다.

그녀와 이야기하고 싶다면 굳이 이딴 식으로 접근할 필요가 없는 것이다.

"그러면 답은 나오지. 나한테 원하는 게 있지만 그걸 당당하게, 대놓고 말할 수는 없는 자들이라는 것."

그리고 손채림은 그들이 누군지 알고 싶어졌다.

“보고를 올릴까요?”

“그래, 일단 보고 올려. 상황을 보아하니 내가 아니라 형진이한테 관심이 있는 것 같으니까.”

창밖을 바라보는 손채림의 시선에는 일말의 떨림도 없었다.

⚖

“드 마르샹이라……. 공 많이 들였네.”

“하지만 작업을 거는 놈들이 멍청한 놈들이더군요. 확실히 스파이 교육을 제대로 받은 놈들은 아닙니다.”

드 마르샹. 파리에 있는 최고급 레스토랑.

미슐랭으로부터 별 세 개를 받은 곳으로, 그 가게의 점주는 운영 중인 세 개의 가게에서 여덟 개의 별을 가지고 있다.

“나한테 데이트 신청을 하고 만나는 데 일주일이라……. 어이없네.”

드 마르샹은 가고 싶다고 해서 갈 수 있는 식당이 아니다.

예약만 한 달 반 치가 몰려 있고, 가끔 나오는 캔슬에 대비해서 대기자만 백 명이 넘는 곳이다.

그런 곳을 일주일 전에 예약해서 잡았다?

‘어설픈데.’

아마 사정을 모르는 여자였다면 홀라당 넘어갔을 것이다.

하지만 드 마르샹은 손채림도 세 번이나 간 적이 있고, 두 번은 업무 관련으로 직접 예약했었다.

"너무 어설퍼서, 이거 진짜 걸려 줘야 하나 고민될 지경이다."

드레스 코드에 맞게 하얀색의 드레스를 입은 손채림은 고개를 절레절레 흔들었다.

그때 그런 손채림의 귓속으로 노형진의 목소리가 흘러들었다.

-왜? 재미있잖아.

"넌 한국에 있다고 말 참 편하게 한다."

-그래도 이거 진짜 참신하잖아, 안 그래? 지금까지 죽이겠다 뭐 하겠다 하는 놈들부터 돈으로 덤비겠다는 놈들까지 별놈이 다 있었지만, 솔직히 너한테 접근할 거라고는 생각도 못 했거든.

"도대체 왜 나한테 접근하는 거야?"

손채림은 눈을 찌푸리며 말했다.

-그거야 모르지. 이제부터 알아봐야지.

"아직 그 남자 신분은 모르는 거야?"

-모르지. 사진 하나만 가지고는 알 수가 없지. 분석 팀 말로는 모델 쪽인 듯하다는 이야기가 있어.

"모델?"

-그래. 그 당시에 블랙박스에 찍힌 걸 보면 걷는 게 모델들의 걸음걸이와 비슷했거든. 분석 팀에서는 아마도 현직은

아닐 거라고 하더라.

"흠…… 마스크는 확실히 모델을 할 만했어."

손채림은 고개를 끄덕거렸다.

"이제 들어가야지. 이어폰 뺀다."

―아쉽네. 다른 곳이라면 카메라라도 달아서 어떻게 해 보는 건데.

하지만 드 마르샹 같은 식당은 그런 게 불가능하다.

내부에 카메라를 설치해서 감시하기는커녕 자리를 구해서 감시하는 것도 불가능하니, 포기하는 수밖에 없다.

드 마르샹쯤 되면 돈이 아닌 자존심이 문제가 되니까.

"안녕하세요. 오래 기다리셨나요?"

손채림은 미소를 지으며 안으로 들어가 안내받아 예약된 자리로 향했다.

"아닙니다. 여기까지 와 주셔서 감사합니다."

"별말씀을요."

손채림은 그렇게 인사하면서 남자의 맞은편에 앉았다.

'겁나 잘생기기는 했는데, 왜 갑자기 속이 느글거리지?'

울렁거리는 속을 애써 가라앉히면서 미소를 짓는 손채림.

"뭘 드시겠습니까?"

"디너 코스로 하지요."

손채림은 주문을 하면서 남자를 슬쩍 보았다.

마치 사랑에 빠진 듯한 표정으로 바라보고 있는 남자.

아무것도 모르는 사람이 봤다면 아주 분위기 좋은 데이트인 줄 알 것이다.

하지만 손채림은 그런 그를 제대로 시험해 볼 생각이었다.

"와인은 뭐로 하시겠어요?"

"네?"

"와인 말이에요."

"아, 와인 말이군요. 네, 와인."

"여기 신사분에게 와인 목록 하나 가져다주시겠어요?"

와인 리스트를 받고 살피는 남자.

하지만 손채림은 그 모습을 보면서 확신했다.

'이런 곳에 대해 잘 몰라.'

그의 눈에 가득한 당황한 기색.

물론 이곳은 확실히 자주 오기는 힘든 레스토랑이다.

그러나 비슷한 콘셉트의 식당은 많고, 순서는 다들 비슷하다.

'프랑스어를 어느 정도 하기는 하지만 이곳의 문화는 잘 모른다. 와인을 고르라는 말에 당황한다는 건, 결국 와인 문화를 잘 모른다는 건데.'

한국과 다르게 유럽에서 와인은 데이트의 기본이다.

특히 이 정도 되는 곳에서는 더더욱 그렇다.

'그리고 유럽에서 좀 사는 사람들은 최소한의 와인 지식은 가지고 있지.'

소위 말하는 소믈리에 수준의 지식은 아니라지만, 그래도 최소한 상황에 적당한 와인을 고를 정도의 지식은 가지고 있다.

그러나.

“샹제리에 1995년 가져다주세요.”

“네, 알겠습니다.”

주문을 받은 웨이터는 별말을 하지 않았다.

하지만 손채림은 거기서 다른 걸 알 수 있었다.

‘확실히 몰라.’

이런 곳은 전채는 비슷하지만 메인 요리를 다른 걸로 고를 수가 있다.

남자는 스테이크를 골랐지만 손채림은 생선을 골랐다.

그렇다면 당연히 그에 맞는 걸 추가로 주문하든가 잔 단위로 파는 것에 대해 물어봐야 한다.

그런데 그런 게 없었다.

‘레드가 무난하기는 하지. 하지만 너무 뻔하잖아.’

샹제리에는 레드 와인으로 탄닌 성분이 강하다.

이 안에서는 가장 비싼 와인이기도 하다.

‘당연히 그 와인은 생선하고는 안 어울려.’

와인을 조금이라도 아는, 아니 시작이라도 해 보려는 사람들이 가장 먼저 배우는 것이 바로 일반적으로 레드 와인은 육류에 잘 어울리고 화이트 와인은 생선류에 잘 어울린다는 거다.

물론 어디까지나 일반론일 뿐이니 레드이지만 생선에 잘

어울리는 것도 있고 반대로 화이트지만 육류에 잘 어울리는 것도 있다.

하지만 일반론이라는 건 가장 기본이라는 뜻이기도 하다.

이런 곳을 다니는 사람이 그런 것도 모른다?

말도 안 되는 소리다.

'그런데 그런 걸 모르니까 그냥 가장 비싼 거 한 병을 시킨 거야.'

즉, 돈이 많은 것처럼 행동하고는 있지만 이런 문화를 접해 보지는 못했다는 것을 증명한다.

'어찌 이리 어설플까.'

손채림은 태생 자체가 상류층이고 그들의 삶을 안다.

그런 그녀에게 이렇게 어설프게 접근해서 꼬시려고 한다니.

'어떻게 할까? 여기서 뒤집어? 아니면 모른 척 끌려가?'

속으로는 오만 가지 생각을 다 하면서도, 손채림은 미소를 지으며 절대 표정을 바꾸지 않았다.

"그러고 보니 제 소개를 안 했네요. 진필호라고 합니다. 겐트릭스라는 스마트 업체를 운영하고 있습니다."

"손채림이에요. 작은 여행사를 운영하고 있지요."

저녁 식사는 화기애애한 분위기 속에서 이루어졌다.

진필호라고 자신을 소개한 남자는 손채림에게 다시 연락해도 되겠느냐고 물었고, 손채림은 고개를 끄덕거렸다.

누가 보면 아주 제대로 썸을 타는 듯한 느낌이었다.

그러나 식사를 마친 뒤 계산하러 나왔을 때.

"아, 이런! 제가 가방을 놓고 왔네요. 잠시만요."

레스토랑 입구에서 손채림은 실수한 듯 다시 안으로 들어갔다.

그리고 천연덕스럽게 가방을 챙겨서 나왔다.

이어 결제하는 카운터로 다가갔다.

"방금 결제한 카드 영수증 받을 수 있을까요?"

"그럼요."

결제는 남자가 했지만 손채림이 일행인 것을 알고 있던 직원은 별 의심 하지 않고 영수증을 건넸고, 손채림은 그걸 받아 챙기고는 미소를 지으며 바깥으로 나왔다.

"진필호라는 이름은 맞아."

노형진은 손채림이 카메라로 찍어서 보내 준 사진을 기반으로 대상을 특정했다.

그건 어려운 일은 아니었다.

카드를 조사하면 되는 일이니까.

-그래? 생각보다 비싼데 잘 냈네?

"그래, 진필호의 카드가 맞아. 정확하게는, 체크카드야."

-체크카드?

"얼마 전에 대략 1억쯤 되는 정체 모를 현금이 들어왔어. 아마도 작업비겠지."

노형진은 고문학의 보고서를 보면서 말했다.

"겐트릭스라는 기업은 실제로 존재해. 하지만 홍콩계 기업이야. 전형적인 탈세용 유령 기업인 거지."

-탈세용 유령 기업이라고? 노리고 벌인 일은 확실한 것 같네. 그렇다면 진짜 목적은 역시 내가 아니라 너인 건가?

"그럴 거야. 정확히는, 미다스지. 공식적으로 미다스의 정체를 알고 있는 사람은 몇 안 되고, 그중 하나가 바로 너이니까."

손채림은 잠깐 침묵을 지켰다.

-흠, 나를 통해 미다스를 알아내기 위한 것이다……. 넌 그걸 어떻게 알았어?

"돈이 들어온 계좌를 조사해 봤어. 빵빵, 한참을 돌렸더라고. 아마도 우리가 이 정도까지 하지는 않을 거라 생각한 모양이지만."

하지만 노형진은 만일을 대비하고자 했고, 그 때문에 충분히 조사했다.

그리고 그 결과, 한 가지 사실을 알아냈다.

"한쪽은 일본, 한쪽은 한국이 지불했더라고. 거기서 끊어졌어. 현금으로 입금했더라. 입금자는 가짜고."

한국과 일본. 그곳에서 그에게 돈을 줄 만한 이유를 추정하던 노형진은 얼마 가지 않아서 이유를 알 수 있었다.

"그러니까 표적은 미다스일 거라 생각해."

−하지만 미다스의 정체는 기밀이잖아.

물론 미다스라는 존재에 대해 알아보기 위해 많은 사람들이 노력했다.

하지만 그런 행동이 걸리면 그에 상응하는 보복이 들어오는 데다가, 미다스에 대해 알아낸다고 해도 그가 인정하면서 도움을 주겠다고 할 가능성 자체가 없기 때문에 당연히 그런 시도는 어느 시점을 기준으로 뜸해졌다.

"기밀이지. 하지만 정체를 알게 될 경우 그 이상의 이득을 얻게 된다면 못 할 것도 없잖아. 그리고 한국과 일본에서 그걸 알고 싶어 할 곳은 딱 한 곳씩이고."

대동과 두한.

이 두 곳이 아니라면 무리해서 이런 함정을 팔 이유가 없다.

−그 두 곳이 왜? 물론 양쪽 다 너랑 사이가 안 좋은 건 사실이기는 하지만.

"미다스라는 존재가 가지는 힘이 있잖아. 사실 두 기업 다 상황이 좋지 않거든."

가장 큰 적이기에 그들을 계속 감시해 온 노형진이다.

그 때문에 그 둘의 사정에 대해 잘 알고 있다.

"특히나 대동의 경우는, 야베가 얼마 전에 쿠데타를 실패하면서 완전히 코너에 몰렸지."

−하긴, 신동우가 그냥 있지는 않겠지.

"신동우가 아니라 신동성이 문제야."

—뭐? 신동우는?

"미쳤어."

—제정신이 아니라는 거야? 하긴, 그렇게 당했다면 미쳐 날뛸 만도 하지.

"그게 아니라, 진짜 미쳤다는 거야."

—미쳤다고?

"그래, 미쳤지."

대동의 회장이었던 신강수는 심장마비로 사망했다는 공식적인 발표가 나왔고, 신동우는 대체 무슨 꼴을 당했는지 모르지만 방구석에 처박혀 침을 질질 흘리면서 머리만 감싸 쥐고 벌벌 떨고 있었다.

—어떻게 그렇게까지 하지?

"신동성의 성향을 생각하면 그러고도 남지."

야망도 크고 자신을 감출 줄도 알며 능력도 된다.

"그리고 잡아간 것은 야베지 신동성이 아니잖아."

이런 경우 신동우가 미쳐 버린 것은 이미 패배한 야베의 책임이지 신동성의 책임은 아니다.

"그리고 그게 문제야."

신동성은 멀쩡하게 살아서, 그사이 신동우의 파벌을 작살을 내 버렸다.

"그런데 야베가 패배했지."

—그러면 신동성도 처벌받아야 하는 거 아냐?

"그러니까 그게 문제라고."

공식적으로 신동우를 잡아간 것은 야베 일파고 신동성은 한 게 없다.

어떻게 보면 오히려 피해자다.

물론 신동성이 야베 일파와 친한 것은 사실이지만, 그들이 함께 일한 건 야베가 합법적으로 권력을 가지고 있을 때의 이야기다.

"즉, 법적으로 신동성은 아무런 잘못이 없다는 거지."

—헐, 그건 너무한데.

"독재자의 영원한 꿈이 왜 재벌이겠어? 권력은 유한하지만 돈은 영원하거든."

하지만 그건 어디까지나 외부적인 부분이다.

신동성이 그런 짓을 한 것을 회사 내부에서 모르는 것도 아닐 테고, 야베가 몰락한 이상 신동성의 몰락 또한 확정적이다.

"그래서 살아남은 사람들은 신동하에게 몰려들고 있어."

법적으로도 아들이고, 세력도 작지 않다.

많은 신동우 일파가 죽거나 쫓겨났지만 모두를 쫓아내기에는 시간이 부족했고 그 때문에 살아남은 자들은 살 구멍을 찾기 시작했다.

"유일하게 가능성이 있는 게 바로 신동하거든."

신강수의 죽음은 예견되었던 것이 아니다.

더군다나 신강수는 신동성과 전쟁 중이었다. 당연히 그의 유언장에 신동성은 없었다.

"뭐, 유류분 소송을 걸기는 했지만 그때까지 버티지 못할 가능성이 높지."

–어째서?

"신강수도 바보는 아니야. 그도 나이가 있으니 죽음을 예견했겠지."

그 과정에서 신동우에게 대부분의 재산을 주려고 했다.

사실 신동성이 멀쩡하게 행동했다면 아마 재산은 신동하를 빼고 반으로 나눠서 가지게 되었을 것이다.

하지만 신동성은 모든 것을 가지거나 아예 파괴하는 타입이었다.

그 때문에 속여서 그들의 재산을 빼앗으려고 했던 것이다.

그게 제대로 되지 않아서 이 꼴이 난 거지만.

–유류분 소송을 하면 남은 재산을 가지고 싸우게 되잖아.

"그렇지. 그래서 신강수가 머리를 썼더라고."

아무리 신강수라고 해도 법을 무시할 수는 없다.

자신이 죽으면 신동성에게 일부 재산이 가는 것은 어쩔 수가 없는 현실이다. 그렇다면 그걸 해결할 방법은 무엇이겠는가?

"신강수가 유언장에 장난을 쳐 놨더라고."

유류분 소송 이전에 이루어지는 안건에 대해, 대리인을 신동우 아니면 신동하로 지정해 놨던 것.

"머리를 진짜 잘 쓴 거지."

유류분 소송이라는 것은 쉽게 말해서 재산에 대한 분할 소송이다.

그러나 그게 몇 년이 걸릴지 그리고 어떻게 싸울지, 알 수가 없다.

그런 상황에서도 누군가는 그 주식을 관리해야 한다.

"대리인은 기본적으로 재산을 운영하는 게 아니라 그 권리만을 임시로 행사하는 거거든. 유류분 소송에서는 그 소유권을 따지는 거고."

즉, 소송이 끝나기 전까지는 신동우 아니면 신동하가 대리인이 되는 것이다.

정확하게 표현하자면 1순위는 신동우, 2순위가 신동하다.

-진짜야? 그렇게 해 놨다고? 진짜 예상도 못 한 일이다. 그런데 웬일이래, 아무리 2순위라지만 신동하에게까지 권리를 주고?

전화기 너머의 손채림의 목소리는 신기하다는 듯 울렸다.

"결국 자기 자식이니까."

그랬기에 신동성은 신동하가 얼마나 위험한 놈인지 알았을 수도 있다. 어쩌면 노형진이 모르는 사이에 신동우와 신동하를 직접적으로 죽이려고 했을 가능성도 존재한다.

신동성이라면 분명 그러고도 남을 인간이다.

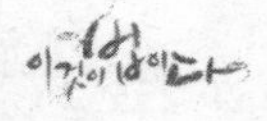

"하여간 그런 상황이니 신동성은 여러모로 복잡한 거야."

이제는 완전히 미쳐 버린 신동우는 법적인 권리를 행사할 수 있는 사람이 아니다.

그리고 신강수는 2순위로 신동하를 대리인으로 삼았다.

"결판은, 신동우의 대리인을 지정하는 법원의 판결에서 나올 거야."

신강수가 가진 지분도 적은 것은 아니었으나 신동우나 신동성이 가진 것보다는 적었다.

후계 승계를 위해 대부분 신동우에게 넘겨 놨기 때문이다.

"만일 신동우의 대리인으로 신동하가 선출된다면? 답 나오지."

아무리 신동성이 지랄 염병을 한다고 해도 절대로 이길 수가 없다.

그의 지분이 적은 것은 아니라고 하지만, 그걸 빼앗을 방법은 그가 권력을 잃어버리고 나면 넘쳐 난다.

–설마?

"그래, 내가 없으면 그게 가능하겠지."

하지만 노형진만 없으면? 이야기가 달라진다.

"쿠데타가 터졌다고 해서 사법 시스템을 관리하던 판검사들이 바뀐 건 아니야."

그 말은, 여전히 판사들 중에는 신동성 편이 많다는 것이다.

하지만 노형진 그리고 신동하가 있다면, 그 싸움이 신동성에게는 극도로 불리하다.

일단 마이스터라는 존재를 뒷배로 두고 있으니 외부의 지분은 마이스터를 따라 신동하를 지원할 가능성이 높기 때문이다.

"그러니 어떻게 해서든 그걸 막고 싶겠지."

-그게 너의 실각이라는 거야?

"맞아. 그런 의미에서 두한도 마찬가지고."

두한의 경우는 지금까지 온갖 불법과 범죄로 돈을 쌓아 올렸다.

하지만 그게 노형진에게 걸리면서 철저하게 파괴당한 상황이었다.

"두한 입장에서는, 나만 사라지면 옛날처럼 불법적으로 사기 쳐서 돈을 벌 수도 있거든. 그러면 징벌적 손해배상? 그건 별거 아니지."

당장 두한은 막대한 부를 이용하여 주식시장에서 장난을 쳐서 수천억씩 빼돌리던 경험이 있다.

노형진에게 걸리면서 이제 완전히 막혀 버렸지만 말이다.

"내가 없다면 그걸 다시 하겠지."

건실한 기업 서너 군데에만 장난질해서 주식시장에서 긁어모으면, 징벌적 배상 정도는 금방 갚고도 남는다.

그러면 이상주와 이문소는 무난하게 계속 자리를 지킬 수 있게 될 것이다.

—대충 상황은 알겠네. 그러면 어떻게 할까? 그냥 진필호인지 뭔지 하는 놈을 무시해? 네가 한 말대로라면 미다스의 정체를 알아내는 게 목표인 거잖아.

"그렇겠지."

노형진은 빙긋 웃었다.

"그냥 적당히 말려들어 줘."

—뭐? 그게 무슨 소리야? 진짜 너를 만나게 해 주라고?

"글쎄. 어쨌든 일단 그렇게 해 줘. 나한테 좋은 생각이 있거든."

노형진의 머릿속에서는 아주 좋은 생각이 스치고 지나가고 있었다.

미다스를 찾아서

노형진의 말에 따라 손채림은 진필호를 만나면서 슬쩍슬쩍 기회를 줬다.

그리고 다급하게 고용된 사람들이 진필호를 감시하기 시작했다.

그걸 모르는 진필호는 손채림에게 신나게 돈을 쓰면서 환심을 사기 위해 노력했다.

그와 동시에 손채림에게 감시가 붙었다.

"이건 너무 노골적인데?"

노형진은 어이없다는 듯 말했다.

진필호만 해도 이상함을 느끼고 있는데, 아무리 멀리서 감시한다지만 손채림에게 감시를 붙이고도 걸리지 않을 거라 생각한 걸까?

"그만큼 다급하다는 거 아니겠어?"

"그렇겠지."

손채림은 노형진의 사무실에서 느긋하게 커피를 마시면서 피식 웃었다.

"진필호는 뭐래?"

"뭐, 벌써부터 설레발이지. 정식으로 사귀고 싶다는 둥, 결혼하면 신혼여행으로 1년 동안 해외여행을 하자는 둥."

"1년? 아주 간땡이가 부었구나."

노형진은 피식하고 웃었다.

1년은커녕 한 달을 시간 내기도 힘든 게 바로 노형진과 손채림이다.

그런데 벌써부터 그런 설레발이라니.

"아마도 나를 안심시키려는 모양이야. 그래서, 조사 결과는 나왔어?"

"나왔어. 원래 모델이기는 했어."

뛰어난 외모로 모델이 되기는 했으나 그는 재능이 없었다.

모델을 하는 데 필요한 것은 다름 아닌 연기력이다. 그런데 그는 얼굴만 잘생겼지 그 연기력이 전혀 없었다.

"잘 웃던데?"

"그게 문제야. 웃기야 잘 웃지. 그게 연기가 아니라서 그렇지."

무대에서 웃는 모델은 없다.

물론 그런 경우가 아예 없는 것은 아니지만, 패션쇼에서 제일 중요한 것은 바로 카리스마다.

"그런데 그 미소를 못 이기더라고."

웃으면 안 된다.

하지만 어째서인지 그는 감정을 감추지 못하고 실실 웃기만 했다.

"다른 모델들은 무덤덤하다던데?"

수많은 셀럽 중에는 당연히 세계적인 모델들도 있다.

그런 사람들에게 이야기를 들은 손채림은 고개를 갸웃했다.

"일이니까. 그런데 진필호는 그 단계까지 가지 못한 거야."

일이라는 것. 그래서 그냥 일상이 된다면 웃지 않을 수도 있다.

그러나 그는 아직 기회도 잡지 못한 모델이었고, 그래서 아주 가끔 작은 무대에라도 올라께 되면 그 기대감을 감추지 못하고 실실 웃어 댄 것이다.

"어쩐지 아주 설레발이 하늘을 찌르더라. 뭐, 남자들은 손끝만 스쳐도 결혼까지 생각한다더니, 이놈은 아예 손자 보는 것까지 생각하는 것 같던데?"

심각한 설레발로 인해 제대로 연기가 되지 않았던 그는 결국 퇴출이 결정되었다.

"이후 그가 취직한 곳이 마제스티라는 곳이야."

"마제스티?"

"부자 여성들을 대상으로 운영되는 최고급 호스트바."

"아…… 대충 알겠네."

얼굴의 미소를 감추지 못한다면 그 미소가 문제가 안 되는 곳에서 일하면 되는 거다.

"거기서 돈 좀 만졌더라고."

"연기력 없다면서? 그런 애들이라면 호스트바에 오는 사람들을 보면 뭔가 불편해하지 않아? 연기력이 안 되면 싫은 티가 팍팍 났을 텐데."

"돈이 들어오니까. 더군다나 부자랑 결혼한 사모님들이 못생겼겠니? 최소한 기본은 될 테고, 돈이 있으니 확실하게 관리받았을 텐데."

"하긴 그렇겠다."

아직 한국 사회에는 성공한 여성보다는 성공한 남성이 더 많다.

당연히 그런 경우 결혼할 때 남성이 원하는 것은 여성의 외모다.

"그리고 그런 사람들이 애정 없는 삶에 지루함을 느낄 때 가는 게 바로 호스트바잖아."

진필호는 그곳에서 적지 않은 돈을 모으는 데 성공했다.

"얼마 전에 걸리기 전까지는 말이야."

"누구한테 걸렸구나?"

"된통 걸렸지."

유흥 주점의 철칙 중 하나가 바로 외부에서 손님을 만나지 않는다는 것이다.

내부에서 만나면 누가 뭐라고 해도 그냥 일반적인 영업일 뿐이며, 특히 유흥 주점 입장에서 그 부분은 무척이나 중요하다.

발각되었을 때 내부에서 만났다면 문제가 되는 것은 그곳을 찾아간 사람의 행동일 뿐이지만, 외부에서 만났다면 그건 불륜으로 넘어가기 때문이다.

"하지만 진필호는 돈에 혹해서 선을 넘어간 거야. 바깥에서 별도의 만남을 이어 간 거지. 그러다 남편한테 걸렸고, 피해자 쪽에서 어마어마하게 손해배상을 때린 모양이야."

결혼 파탄의 책임을 지도록 민사소송을 걸었는데, 그 배상액이 진필호가 평생 번 돈 이상이었다.

"그 상황에 두한에서 접근한 거라고?"

"그렇게 추측하고 있어."

성공하면 막대한 돈이 생기고, 상당한 부자인 손채림이라는 트로피도 생긴다는 말에 혹한 진필호가 거기에 콜을 한 것.

"와, 그 말 들으니까 더 구역질이 나네. 이 새끼 어떻게 엿을 먹이지?"

"그나저나 넌 그 얼굴 보고 뭐, 마음이 안 움직여?"

"어디 오징어…… 아니지, 오징어만도 못한 놈이 들이민다?"

"헐?"

"내가 매달 만나는 세계 레벨급의 사람들이 한두 명이라고 생각해?"

"하긴 그러네."

모델에서부터 배우까지 전 세계의 잘생긴 사람들은 다 만나는 손채림이니, 그녀가 외모만으로 혹해서 누군가를 만난다는 것은 사실 일어나기 힘든 일이었다.

"그래서 말인데, 이쯤 해서 네가 소원을 이루어 주는 건 어때?"

"소원?"

"저들의 목적은 미다스를 만나는 거잖아. 그리고 지금쯤 엄청 다급할 텐데."

쿠데타가 실패한 야베는 이제 사로잡혀서 반역죄로 재판을 기다리고 있고, 특별한 일이 없다면 사형은 확정적이다.

"그런 상황이라 신동성이 조금 다급해졌어."

"아, 야베 다음은 신동성이 되겠구나."

"그래. 그들의 사정이야 잘 모르지만, 신동성은 시간을 끌면서 오래 준비할 수 있는 상황이 아니게 된 거지."

만일 미다스가 그의 편을 들어 준다면 신동성은 이 상황을 충분히 벗어날 수 있다. 그러니 그의 마음도 다급할 수밖에 없었다.

"아마 신동성은 진필호를 다급하게 재촉하고 있을 거야."

조만간 손채림에게 미다스를 소개해 달라고 할 가능성이 아주 높아진 것이다.

"우리는 바로 그 부분을 노릴 거야. 그러니까 미다스를 소개해 줘."

"뭐? 정말 만나려고? 미다스인 걸 공개하기로 한 거야? 하지만 그러면 좋지 않을 것 같은데."

만일 미다스가 누구인지 알려진다면 해코지를 하려고 덤빌 사람들은 분명 존재한다.

노형진은 스스로 사건을 찾아다니는 타입인 데다가, 다른 부자들처럼 경호원을 줄줄이 매달고 다니지도 않는 만큼 그건 상당히 위험한 선택이 될 수도 있다.

"내가 아니라 가짜를 소개해 줘야지."

"가짜?"

"그래. 어차피 미다스의 정체는 누구도 알지 못하잖아."

"그러면?"

"적당한 사람을 찾아서 지원해 줘야지, 후후후."

"지원?"

손채림은 고개를 갸웃했지만 노형진은 그저 웃을 뿐이었다.

⚖

"미스 손, 혹시 말입니다."

아니나 다를까, 진필호는 평소와 다른 모습으로 분위기를 잡았다.

물론 드러내 놓고 행동하진 않았다.

하지만 손채림이 그를 믿는다는 제스처를 보여 주자 바로 떡밥을 물었다.

"혹시 미다스를 아세요?"

"그건 왜요?"

"제가 투자할 곳을 찾고 있는데, 미다스 님을 통해 투자하고 싶어서요."

"하지만 그건 불가능할 거예요. 아시다시피 미다스가 직접 투자 대행을 해 주는 분은 극도로 한정적이에요. 그래서 대부분은 마이스터를 통해 투자를 진행하고 있어요. 차라리 마이스터를 통해 알아보시는 게 나을 텐데요?"

"그건 알고 있습니다. 하지만 미다스 님에게 직접 배우고 싶어서 그래요. 혹시 가능할까요?"

'가능하겠니?'

전 세계적인 투자자 중 한 명인 워렌의 경우 밥 한 끼 같이 먹는 데 수십억을 내야 한다.

물론 일종의 자선적인 행사이기는 하지만, 그렇다고 해서 그 자선적 행사가 의미가 없는 게 아니다.

실제로 그 밥 한 끼를 먹는 조건에는 진짜 밥만이 아니라 식사 시간을 이용해서 투자나 기업 운영에 대한 아주 중요한 조언을 해 주는 것이 포함되어 있고, 대부분의 사람들은 수십 배의 값어치를 돌려받으니까.

하물며 지금 미다스는 그런 워렌 이상의 수익률을 내고 있는 상황.

그런 상황에서 미다스 님에게 배우고 싶다?

'미다스를 직접 만날 수 있다면 백억 단위를 들고 올 사람들이 얼마나 많은데.'

하지만 진필호는 그런 것도 모르고 손채림에게 미다스를 만나게 해 달라고 조르고 있는 것이다.

그녀가 진짜 자신에게 빠졌다고 생각하면서.

'그냥 넘어가 주는 것도 참 고역이네.'

물론 그렇게 믿도록 연기한 것이 바로 손채림이기는 하지만.

"제 마음대로 결정할 수는 없어요. 의견을 한번 물어볼게요."

"우리의 미래를 위해 잘되었으면 좋겠네요."

와인 잔을 들면서 건배하자고 하는 진필호.

"당신의 눈동자를 위해서 건배."

그 모습을 보면서 손채림은 속으로 한마디만 했다.

'우웩!'

얼마 후 손채림은 진필호를 불렀다.

그리고 그를 만났다.

"꼭 소개해 드리고 싶은 분이 있어요."

"혹시 미다스?"

"절대 아니에요. 그렇게 알고 계세요."

애매한 대답.

하지만 진필호는 그런 손채림의 대답을 들으며 속으로 확신했다.

'미다스야. 다른 선택지가 없을 거야.'

지금까지 많은 여자들을 만났다. 그리고 그 누구도 자신에게 빠지지 않은 여자가 없었다.

조금만 기분이 좋아도 웃는 버릇은 연기자로서의 삶을 포기하게 만들었지만, 대신 많은 여자들을 꼬실 수 있게 해 주었다.

당장 손채림의 경우도 살살 튕기기는 하지만 자신이 만나자고 하면 꼬박꼬박 만나 주고 있다.

마음이 없다면 절대 그러지 않는 존재가 여자라는 걸 진필호는 잘 알고 있었다.

"제가 소개는 해 드리지만, 쉽게 믿지는 마세요. 그다지 사람을 좋아하는 분은 아니시니까."

심지어 경고까지 해 주는 걸 보고 진필호는 확신했다.

'미다스다. 확실히 미다스야.'

그렇게 생각하며 진필호는 고개를 끄덕거렸다.

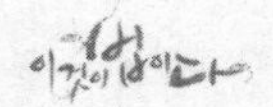

"그러면 바로 가죠."

"네? 바로요?"

"바쁜 분이니까, 시간을 내는 게 쉽지는 않아요."

"아, 알지요. 가지요."

진필호는 고개를 끄덕거렸다. 그리고 손채림을 따라 어디론가 향했다.

그곳에 도착했을 때 그는 침을 꿀꺽 삼켰다.

'저 사람인가?'

대략 60평쯤 되는 가게에는 단 한 사람만이 앉아 있었다.

저녁 시간이다. 그리고 가게의 분위기를 봤을 때 상당히 인기가 있을 만한 가게다.

애초에 이런 고급스러운 가게가 손님이 이렇게나 없다면 망해도 일찍 망했을 거다.

더군다나 대기하고 있는 직원의 숫자도 적지 않다.

그렇다면 답은 하나뿐이다.

'이걸 다 전세를 낸 거군.'

과연 이런 곳을 전세를 내 가면서 누군가를 만나는 사람들이 얼마나 될까?

그에게 다가가려고 하자 손채림이 조용히 말했다.

"조심하세요. 너무 믿지도 말고. 위험한 사람이니까. 특히 자칫 성질 건드리지 마세요. 한번 화가 나면 끝을 보는 타입이거든요."

"걱정하지 마십시오."

화가 나면 끝을 보는 타입. 그런 성향은 미다스와 똑같다.

'미다스가 아니라고 하지만, 아닐 수가 없겠지.'

미다스는 자신의 정체를 감추려고 하는 사람이다.

그런 사람인 만큼, 자신이 미다스라는 걸 입으로는 결코 인정하지 않을 것이다.

"들어가시죠."

손채림과 함께 안으로 들어가는 진필호.

그리고 남자의 앞에 자리 잡고 앉는 두 사람.

"오랜만이에요, 사장님."

"채림 양, 잘 지냈습니까? 비행은 어떠셨나요?"

"언제나 비슷하지요. 덕분에 잘 지내고 있답니다."

"그나저나 저한테 소개하고 싶은 분이 있으시다고……?"

미다스라고 의심되는 남자는 진지한 표정으로 말했다.

반백의 머리를 깔끔하게 포마드로 넘긴 장년의 남자.

행동 하나하나에 자신감이 넘친다.

그리고 그 앞에 있는 로마네 콩티.

시기마다 달라진다고 하지만, 한 병당 8천만 원이 넘는다는 와인이다.

"사업을 제대로 배우고 싶다는 사람이 있어서요."

"사업을 제대로 배운다라……. 그런 사람은 요즘 없죠. 사업을 하면서 뭔가 해 처먹으려고 하는 놈들만 넘치지."

"저는 다릅니다, 미…… 사장님."

하마터면 미다스라고 부를 뻔한 진필호는 잽싸게 말을 바꿨다.

"누구나 그리 생각하지요. 자신은 다르다, 자신은 성공할 수 있다, 자신은 누구보다 뛰어나다."

"아닙니다, 저는……."

"채림 양, 잠시 자리를 비켜 주시겠습니까?"

"기꺼이."

손채림은 남자의 말에 자리에서 일어났다. 그리고 조용히 바깥으로 나갔다.

그녀뿐 아니라 가게에 있던 직원들과 심지어 주방장까지 모두 바깥으로 나갔다.

"그래서, 원하는 게 뭔가?"

"네?"

"자네가 일을 제대로 배우고 싶다며? 내가 그 말을 믿을 거라 생각하나? 채림 양은 순진한 편이라 넘어가 주겠지만 말이야."

"아닙니다. 저는 진짜로……."

"그래? 설마 나한테 호스트바에 투자하라는 소리를 하려는 건 아니겠지?"

진필호는 입을 꾸욱 다물었다.

"자네에 대해 좀 알아봤네. 자네, 전적이 아주 화려하더군. 그래, 소송은 잘 끝났고?"

진필호는 침을 꿀꺽 삼켰다.

'그랬지. 미다스의 정보력은 세계 제일이라고 했지?'

그런 그가 자신에 대해 조사했는데 모를 리가 없다.

손채림이야 그런 걸 잘 모르고 소개시켜 준 모양이지만.

"어설프게 날 뜯어먹을 생각이었던 모양이지만……."

남자는 얼굴에 차가운 미소를 떠올렸다.

"요즘은 자살하는 방법도 여러 가지야. 내 인정은 있으니 유언장을 쓸 정도의 시간은 주도록 하지."

진필호는 소름이 쫘악 돋았다.

직감적으로 위험신호를 느낄 수 있었다.

이 사람은 미다스다. 그리고 그동안의 기록을 보면, 자신을 건드린 사람은 어떻게 해서든 파멸시키는 게 그의 성격이었다.

"자…… 잠시만! 제가 아닙니다! 제가……!"

진필호는 다급하게 남자에게 매달렸다.

농담이 아니다.

자신은 고작 호스트바에서 일했을 뿐이다. 만일 진짜로 미다스가 죽이려고 하면 죽는 수밖에 없다.

물론 대놓고 죽이지는 않을 것이다.

하지만 돈만 있다면 사람 하나 자살시키는 것은 한국에서 그다지 어려운 일이 아니었다.

"유언치고는 조악하군."

"진짜입니다! 제가 아니라 저도 그냥 부탁, 아니 명령받은 것뿐입니다! 미다스 님을 찾아 달라고!"

"누군가가 자네에게 미다스를 찾아 달라고 했다고? 나를 더 화나게 하는군."

남자는 당장이라도 죽일 듯 진필호를 노려보았다.

"진짜입니다! 절대 미…… 아니, 사장님을 화나게 할 생각은 없습니다! 그저 저도 명령을 받아서……!"

"그래서, 대신 죽을 사람이 있다 이건가?"

"그건 아닙니다! 다만 한 번만 만나 주시면 후회는 안 하실 겁니다!"

"나에게 무슨 이득이 있다고 그런 자를 만나야 하나? 내가 돈이 없나, 권력이 없나? 왜 자네 같은 사기꾼이 소개하는 사람을 만나야 하지? 사기꾼은 결국 사기꾼과 어울리는 법인데!"

틀린 말이 아니기에 진필호는 입술이 바짝바짝 말랐다.

하지만 그렇다고 해서 도망갈 수는 없다.

그랬다간 진짜로 자신이 죽을 수도 있기 때문이다.

이미 상대방은 자신에 대해 다 알고 있다.

"후회는 하지 않으실 겁니다. 그들은 사장님에게 충분한 이득을 드릴 만큼의 능력이 있습니다."

"그래?"

남자는 그런 진필호에게 무서운 미소를 보이며 말했다.
"증명해 봐."

⚖

"으음……."
진필호에게 보고받은 이문소는 입술을 깨물었다.
미다스로 추정되는 남자를 어떻게 만나기는 했다.
하지만 극도로 적대적이었고, 자신을 추적하는 대상에게 상당히 공격적인 기색을 보였다.
"지금까지 드러난 미다스의 모습과 비슷하기는 하군."
"네. 그리고 그는 누군가에게 보복할 수 있는 능력이 되는 사람입니다."
"만일 제대로 증명하지 않으면 보복하겠다?"
"그렇습니다."
그 말에 진필호를 빤히 바라보는 이문소.
그의 시선에, 진필호는 입술이 바짝바짝 말랐다.
'설마 이제 와서 모른 척하는 건 아니겠지?'
그러면 자신의 인생은 끝장나는 거다.
그래서 바짝 언 상태로 바라보고 있는 진필호의 마음을 아는지, 이문소는 그에게 한심스럽다는 듯 말했다.
"걱정하지 마. 네놈 선에서 꼬리를 자를 생각이었다면 애초에 시작도 안 했어. 상대방이 미다스라면, 꼬리를 자른다고 해서 걸리지 않을 수가 없을 테고."

"그렇지요, 하하하하……."

어색하게 웃는 진필호.

그런 진필호를 보면서 이문소는 진지하게 말했다.

"자리를 마련해 봐."

"네?"

"뭘 맡기려는지야 알 수 없지만, 미다스가 너 같은 잔챙이에게 뭔가를 시킬 거라고 볼 수는 없지. 시험의 대상은 네놈이 아니라 우리야. 그 시험에 통과해서 그를 설득할 수 있다면, 노형진의 자리를 우리가 차지할 수 있겠지."

이문소는 자신 있게 말했다.

물론 그에겐 쉬운 일이 아니었다.

그러나 할 수만 있다면…….

"전 세계적인 영향력은 우리 것이 된다."

그러면 그 징벌적 손해배상? 그딴 건 중요하지 않게 될 것이다.

"그걸 물었어?"

"아주 꼴딱 삼키던데."

손채림은 피식 웃으며 말했다.

사실 그들이 만난 것은 미리 섭외한 연기자다. 그가 미다스인 것처럼 행동하게 한 것이다.

"그런데 나중에 문제가 되는 거 아냐?"

"절대 아닐걸. 네가 그 사람이 미다스라고 한 적 있어?"

"없지."

미다스가 자신을 드러내는 것을 싫어하는 것은 전 세계의 대부분의 사업가들이 알고 있는 사항이다.

"그래, 그게 다른 거야."

이미 손채림은 아니라고 했고, 심지어 위험한 사람이니 조심하라고 하기까지 했다.

결과적으로 말하면, 그걸로 그쪽에서 따지고 든다고 한들 이미 경고까지 해 줬으니 문제가 생길 수가 없다.

"아니라고 확실하게 말해 줬는데 자신이 미다스가 맞다고 믿은 거잖아. 그건 우리 잘못이 아니지."

싱긋 웃는 노형진.

진필호는 나중에 사실을 알면 억울해 죽을 기분이겠지만, 어쩌겠는가, 자신이 마음대로 생각한 것을.

"그런데 진짜 뭘 시키려고? 뭐, 돈을 달라, 그런 건 가능성이 없어 보이는데."

"줄 리가 없지. 애초에 미다스라는 존재의 성격을 생각하면 현금을 달라고 할 이유도 없고."

미다스는 전 세계적인 레벨의 부자다.

심지어 공식적으로 드러난 것만 해도 세계 5위에 달하는 재산가다.

감춰진 재산까지 합하면, 사우디 왕가를 제외하고는 1위라고 생각하는 게 세간의 평가다.

사우디 왕가 같은 경우는 그 나라 자체가 왕실의 것이니까 그걸 감안하면 아무래도 1위 자리에서 내려오는 게 쉽지 않다.

"미다스가 나잖아. 그렇다면 답은 하나지. 내 마음대로 하는 거야. 내가 하고자 하는 대로 하면 그쪽은 속을 수밖에 없지."

"그러면 어떻게 하려고?"

"투자하게 할 거야."

"투자?"

표정이 묘하게 변하는 손채림.

그럴 수밖에 없는 게, 미다스와 함께 투자하고 싶어서 줄을 선 있는 사람들은 잔뜩 있기 때문이다.

미다스가 직접 투자하는 것은 성공한다.

그게 바로 주변의 생각이니까.

"그러면 그쪽이 돈을 많이 벌 텐데?"

"정상적이라면 그렇지. 하지만 미래가 보이지 않는 투자라면?"

"미래가 보이지 않는 투자?"

"모든 것에서 다 성공할 수는 없거든."

노형진이 미다스로서 많은 것을 성공하고 있다.

그러나 모든 것이 다 성공할 수는 없다.

과거의 기억을 가지고 있기에 어떤 것은 성공하지만, 어떤 것은 실패하는 것이 사실이다.

정확하게 표현하자면, 그 결과가 죽는 그날까지 나오지 않았던 것도 분명 존재했다.

지금도 그렇다. 사이코메트리를 통해 많은 걸 읽어 내고 있지만 그건 어디까지나 정보일 뿐이다.

새로운 효과의 항암제나 뭔가 뛰어난 성능의 물건이라고 하면 성공할 가능성은 분명 존재한다.

하지만 물건이 완성되었다는 것과 그게 성공한다는 것은 전혀 다른 문제다.

"너는 알려나 모르겠지만, 플레이어 스테이션이라는 게임기가 있어."

"알지. 그거 모르는 사람도 있어?"

"그렇지? 그런데 그거 3세대는 망한 거 알아?"

"망했다고? 그거 모든 세대가 다 성공한 거 아니야?"

"아니, 애석하게도 망했어."

"하지만 그거 엄청 많이 팔린 거 아니야?"

"많이 팔렸지. 그런데 내가 말하는 건 전혀 다른 이야기야. 원가보다 싸게 팔았거든."

"뭐? 아니, 왜?"

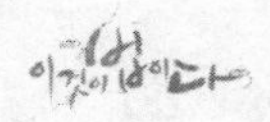

"전략적 미스지."

원래 게임 시장에는 플레이어 스테이션과 싸울 만한 대체재가 없었다.

일부 존재했지만 모두 사라졌고, 사실상 게임 시장에서 거의 독점적인 이익을 낼 수 있을 거라 생각한 회사에서는 비싼 값에 팔기 위해 이런저런 비싼 장비들을 넣어서 만들었다.

그런데 그 와중에 생각지도 못한 고성능의 경쟁 게임기가 나왔고, 그 경쟁 게임기는 심지어 가격조차도 플레이어3보다 저렴했다.

거기에다 그 당시 플레이어3을 개발한 일본의 높은 환율은 더욱더 치명적인 문제였다.

처음에 나왔을 때는 적자가 어느 정도였냐면, 원가가 844달러인데 판매가가 480달러 수준으로 두 배 가까이 차이가 났다.

회사에서는 다급하게 부품을 갈고 새로운 버전을 개발해서 공개했지만, 그것도 개당 50달러의 손해 확정이라는 치명적인 문제가 있었다.

"아, 뭘 이야기하려는 건지 알겠다. 물건이 좋다는 것과 시장에서 성공하는 건 전혀 다른 이야기라는 거구나."

"맞아, 그런 거지."

노형진이 알아낼 수 있는 것은 물건이 만들어졌다는, 또는 거의 완성되었다는 정보다. 하지만 그게 미래에 성공할지 여부는 불확실하다.

'대부분은 확실하게 아는 거지만.'

그나마 과거의 기억을 통해 성공했던 것에 대한 투자를 해서 피해가 없는 것이지, 제대로 기억하지 못하는 것은 투자의 대상이 되지 않았다.

노형진이 투자한 것이 성공한 게 아니라, 성공했던 것에 투자를 했던 거니까.

"하지만 불확실한 것도 있거든."

노형진도 기억하지 못하는 자잘한 것들에 대해서는 제대로 된 정보가 없다.

물론 그런 건 노형진에게까지 올라오지 않고 마이스터 쪽에서 커트하면서 관리하고 있지만 말이다.

"그런 걸 하나 골라서 투자시킬 거야."

"그런데 그건 결과가 나오려면 오래 걸리지 않아?"

"맞아, 그렇지."

그리고 노형진도 그 답을 모르기에 섣불리 투자하지 못하고 있다.

하려면 할 수도 있지만 말이다.

"또 한편으로는, 망할 수밖에 없는 기업에 투자시킬 거야."

"망할 수밖에 없는 기업?"

"그래."

"양쪽에 투자시켜서 피해를 준다는 거야?"

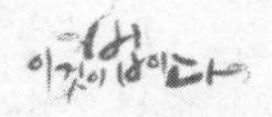

"음…… 틀린 말은 아닌데. 목적은 좀 다르기는 하지."

노형진은 싱긋 웃으며 말했다.

"그러니까 이제 그 진필호라는 놈은 그만 만나도 돼."

"아이고, 그 말이 제일 반갑다. 하도 느글거려서 매번 속이 뒤집어지는 기분이었는데."

"보통 여자들은 그런 거 좋아한다던데?"

"그것도 사람 나름이지."

고개를 절레절레 흔드는 손채림을 보고 노형진은 피식 웃었다.

"일단 대동과 두한이 어디다 투자하든, 그들은 결코 내 손아귀에서 벗어나지 못해, 후후후."

⚖

얼마 후 이문소와 신동성은 미다스, 아니 미다스로 의심되는 사람을 만날 수 있었다.

손채림과 진필호 사이의 연락이 끊어지기는 했지만 어차피 상관없었다.

이미 진필호가 미다스의 연락처를 받은 이상 손채림은 이제 가치가 없었으니까.

"그래서, 나한테 뭘 원하는 거지?"

반백의 남자는 의자에 기대어 느긋하게 물었다.

거대한 기업의 대표로서 누구도 자신들의 위로 본 적이 없는 이문소와 신동성은 속으로 이를 빠드득 갈았지만 어쩔 수가 없었다.

지금 방법은 미다스를 노형진에게서 떨어뜨려 자신과 손을 잡도록 하는 것뿐이니까.

"저희와 손잡아 주셨으면 합니다."

"어째서?"

"저희는 세계적인 기업입니다. 그리고 미래가 확실한 기업이기도 하지요."

"그런 기업들은 널리고 널렸어. 내가 손잡을 기업이 없다고 생각하나? 내가 손을 내밀었을 때 거절할 기업이 있다고 생각해?"

"그건…… 아닙니다."

설사 전 세계에서 가장 큰 기업이라고 불리는 구걸이라 해도, 그가 내민 손을 거절할 수는 없을 것이다.

미다스가 투자한 돈이 어마어마하다 못해, 원한다면 대표도 갈아 치울 수 있을 정도니까.

"그런데 너희가 뭐가 잘났다고 손잡자는 거지? 어이없군. 내 앞에서 재롱을 떠는 것도 아니고."

피식하고 비웃음을 날리는 남자의 모습에 두 사람은 속에서 열불이 터져 나오는 것 같았다.

하지만 방법이 없었다, 무조건 잡아야지.

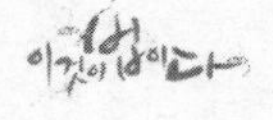

"미다스, 저희는……."

"나는 미다스가 아니라고. 미다스는 환상의 존재야. 그렇게 불리기도 싫고, 그런 존재도 아니고."

딱 잘라 말하는 남자.

그제야 이문소는 아차 싶었다.

분명 진필호가 그랬다, 미다스라 불리는 걸 싫어한다고.

그 기회를 재빨리 신동성이 잡았다.

지금은 아군이지만, 결국 미다스의 곁에 남을 수 있는 사람은 단 한 명뿐.

"죄송합니다, 사장님. 제 일행이 실수했습니다."

"실수인 걸 알면서도 나한테 연락하다니, 간땡이가 부었군."

"사장님, 저희는 사장님에게 충성을 바칠 준비가 되어 있습니다."

"충성? 난 그런 건 믿지 않는데."

"노형진과 같이 일하시지 않습니까? 그도 믿을 만한 자는 아닙니다."

"노형진과는 비즈니스 관계일 뿐이야. 서로 충성을 주고받을 사이는 아니지."

'확실하군. 미다스가 맞아.'

'드디어 찾았다, 미다스.'

노형진이라는 존재에 대해 인정하자 두 사람은 확신을 가졌다.

"저희는 노형진과 질적으로 다릅니다. 저희는 사장님에게 충성을 바칠 준비가 되어 있습니다."

"웃기는군. 충성이라는 건 감정일 뿐이지. 확실한 건 돈이야."

"아닙니다. 그걸 증명할 기회를 주십시오!"

"그렇게까지 해서 네놈들의 자리를 지키고 싶나? 내가 너희들의 상황을 몰라서 이렇게 너희들을 만나고 있는 것 같나?"

좌중에 흐르는 침묵.

아무 말도 못 하는 이문소와 신동성에게, 남자는 차갑게 말했다.

"이미 알고 있지, 너희들의 자리가 위태롭다는 걸. 그리고 그 자리에서 쫓겨난다면 그 끝은 좋지 못하리라는 것도. 둘 다 최소한 30년 이상은 감옥에 들어가야 할 테고, 최악의 경우는 죽음을 면치 못하겠지. 아니, 서로 바뀌었나? 죽지도 못한 채로 영원히 떠돌게 될 테니 너희들에게는 그게 더 충격적이려나?"

말을 하는 남자에게 두 사람은 대꾸하지 못했다.

각오했던 말이니까.

미다스가 자신들의 상황을 모를 것 같지는 않았다.

"아신다면 도움을 주십시오."

"차라리 그게 낫군. 지금 본인들의 처지를 안다면 구걸이라도 해야 하지 않겠어?"

"그러면 노형진을 쳐 내고……."

그러자 남자는 단호하게 말했다.

"너희들은 그 자리를 대체하지 못해. 대체할 능력도 안 되고."

"아닙니다. 필요하다면 할 수 있습니다."

"웃기는군, 자격도 없는 것들이."

"……."

"하지만 시험 정도는 해 볼 수 있겠지."

"시험이라 하시면?"

"세라녹스와 스페이스 라이프. 이 두 기업의 주식을 가지고 오도록. 한 기업당 최소 200억 이상."

"네? 그 두 기업의 주식을 가지고 오라고요?"

"그래. 내가 개인적으로 관심을 가지고 있는 사업을 하는 기업들이지. 그걸 가지고 온다면 너희들을 내 아래에 두는 걸 생각해 보겠다."

두 사람은 입술을 깨물었다.

⚖

세라녹스와 스페이스 라이프.

이 두 곳은 확실히 미래에 번창하는 기업들이지만, 동시에 불확실한 기업들이기도 하다.

"애매하군."

"장기적으로 본다면 이득이 될 수도 있지만……."

세라녹스는 의료 진단 키트를 개발하는 기업이다.

한창 주가가 올라가고 있는 기업이기도 하다.

"세라녹스는 확실히 탐나기는 하는군."

지금까지 질병은 모두 사람이 일일이 채혈해서 전문적인 검사를 해서 찾아내야 했다.

그랬기에 비용도 많이 들고, 또 해당 질병을 미리 염두에 두지 못하면 찾아내지도 못했다.

흔하지 않은 질병의 경우는 그에 맞는 검사를 하지 않으면 찾아낼 수가 없었다.

"하지만 키트 하나로 무려 250종의 검사가 가능하다라……."

세라녹스에서 나온 에딕슨이라는 키트를 이용하면 250종의 질병 조사가 가능하다.

종합 건강검진의 비용은 무척이나 비싸다.

의료보험이 제대로 되어 있는 한국에서조차, 일반 서민은 정기적인 건강검진은 꿈도 꾸지 못한다.

하물며 미국은 건강검진 한 번 하는 데 억 단위의 돈이 들기 때문에, 대부분은 발병할 때까지 모르고 사는 수밖에 없다.

"하지만 이 에딕슨 하나면 그 걱정이 대부분 해결되겠지."

아직 에딕슨의 발매는 확정되지 않았다.

그러나 세라녹스의 연구 발표에 다르면 그건 어마어마한 물건이 될 게 뻔하다.

"이거 마음에 드는군."

조용히 보고서를 보고 있던 신동성의 얼굴에 미소가 떠올랐다.

"어째서 그렇지요? 물론 대단한 물건이기는 합니다만."

"미다스가 왜 이 물건에 관심을 보이는 것 같습니까?"

이문소를 바라보면서 눈을 번뜩이는 신동성.

그는 머릿속으로 한 가지 가능성을 따지고 있었다.

"미다스의 가장 큰 수익원 중 하나가 바로 미국의 병원입니다. 아시겠지만 말입니다."

"아!"

미국의 병원.

노형진, 아니 공식적으로는 미다스가 먹은 것으로 되어 있는 곳.

병원들의 사기 행적을 공개함으로써 그들을 몰락시키고 그들의 모든 것을 싼값에 집어삼킨 것이 바로 미다스다.

"만일 이게 진짜로 나온다면, 미다스의 입장에서는 심각한 타격이 될 수도 있습니다."

"그렇군요."

사람은 아파야 병원에 간다.

그런데 이건 사람이 아프기도 전에 질병의 유무를 진단할 수 있다.

물론 치료하기 위해 병원에 오기는 하겠지만, 초기 치료와

중증의 치료는 비용도, 기간도 전혀 다른 문제다.

장기적으로 보면 미다스에게는 마이너스가 될 물건.

"그런데 왜 이걸 성공시키려고 하는 건지 모르겠네요."

"병원을 미다스가 혼자서 먹지는 못했으니까요."

미리 예상하고 움직인 미다스였고 그 때문에 적지 않은 병원 체인을 집어삼키기는 했지만, 미국의 대형 병원들을 전부 삼키기에는 한계가 있을 수밖에 없다.

더군다나 미국은 각 지역별로, 각 기업별로, 각 병원별로 보험이 다 다르다.

캘리포니아주에서 활동할 수 있는 보험사는 A사고, 그 보험사와 거래를 한 병원인 B병원에서만 치료가 가능한 시스템.

그런 복잡한 시스템 때문에 모든 병원을 다 먹을 수는 없었다.

먹는다고 해도, 보험사와 거래를 뚫는 건 전혀 다른 문제이기도 했고.

"하지만 이거라면……."

"미다스가 독점이 가능하다?"

"가능하지요."

이건 기업이지 병원이 아니다.

공장에서 전국으로 나가고, 개개인이 사서 진단을 내린다.

제대로만 된다면 미국만이 아니라 전 세계가 이 물건을 쓰게 될 것이다.

"오호?"

이문소는 눈을 반짝였다.

그건 미처 생각해 보지 못한 부분이니까.

"그러면 우리가 이 주식을 충분히 긁어모으면……?"

"미다스는 우리를 선택할 수밖에 없습니다."

"하지만 이게 과연 성공할까요?"

"이미 확인해 봤습니다. 수많은 전문가들이 찬양하고 있더군요."

실험 결과도 대충 나오고 있는 상황이고, 전문가들은 세라녹스의 에딕슨을 예찬하며 장밋빛 미래를 꿈꾸고 있었다.

"그리고 미다스가 말했지요, 돈은 진실하다고. 세라녹스의 주식은 이미 어마어마하게 뛰었습니다. 소위 말하는 유니콘이지요."

기업 시장에서 유니콘은 비상장기업 중 10억 달러, 한화로는 1조 2천억 이상의 가치를 가진 기업을 뜻한다.

비상장이라는 것은 주식이 시장에 풀리지 않았다는 뜻이다.

반대로 말하면, 그 기업이 사실상 한 사람의 것이라는 뜻이 될 수도 있다.

비상장기업인 이상 주식의 거래가 사실상 힘들기 때문이다.

특히 가치가 있는 곳이라면 더더욱 그럴 수밖에 없다.

당장 올라갈 게 뻔한데 누가 그걸 팔려고 하겠는가?

"쉽지 않겠네."

아무리 미다스라고 해도 그건 절대로 쉬운 일이 아니다.

나머지 하나는 스페이스 라이프. 쉽게 말해서 우주개발을 목표로 만들어진 기업이다.

과거에 우주로의 진출은 국가의 책임이었다.

그러나 시대가 바뀌고, 우주개발은 민간으로 넘어가기 시작했다. 수많은 민간 기업들이 우주개발을 노리고 나섰는데, 그중 하나가 바로 스페이스 라이프다.

물론 그 가치는 아직 미정이다.

하지만 자체적으로 재활용이 가능한 우주선을 만드는 것이 바로 그들의 목표다.

"스페이스 라이프의 경우에는 발사도 성공했군요."

"네. 하지만 여전히 막대한 돈이 들어갈 수밖에 없겠지요."

그나마 한번 성공한 것은 일회용 로켓이다.

우주개발에 있어서 가장 문제가 되는 것 중 하나가 쓰면 사라지는 일회용 로켓이다.

우주왕복선이라고 해서 왔다 갔다 할 수 있는 우주선이 있지만, 지구 진입은 몰라도 우주로의 발사는 어쩔 수 없이 로켓을 이용해야 한다.

지구의 중력을 단순 비행만으로는 이겨 낼 수 없기 때문이다.

기존에는 그렇게 우주왕복선이나 화물을 우주로 보내기 위해 매번 로켓을 새로 만들어야 했지만, 스페이스 라이프는 그걸 재활용이 가능하도록 만들었고 몇 번의 실험도 성공했다.

"확실히 이건 안전하지만은 않은 물건이군."

그러나 실험에 성공했던 물건이 회수 이후에 재발사하는 과정에서 폭발하고 말았다.

기본적으로 회수만이 목표가 아니라 재사용으로 우주개발 비용을 낮춤으로써 우주 패권을 가지고 오는 것이 목적인 만큼, 현재로써는 상황이 미지수인 기업이다.

"양쪽 다 탐이 나기는 하는군요. 그만큼 가치는 있어 보이니."

세라녹스의 경우는 제품이 성공하면 인류의 미래가 바뀔 정도의 사건이 될 것이다.

스페이스 라이프 같은 경우는 영화에서나 보던 달 기지 건설이나 우주 관광 같은 게 가능하게 될 테고 말이다.

당장 여객기도, 처음 나왔을 때는 일반인들은 엄두도 내지 못하고 그 시대 최고의 갑부들만 타는 것이었다.

실제로 그 당시 비행기들의 기내식은 거의 호텔에 준해서 나오는 수준이었다.

"미래에는 이게 지금의 비행기처럼 온 인류가 애용하게 될지도 모릅니다."

"어느 쪽이든 미다스가 관심을 보일 만하군요."

가치를 판단하고 그걸 이용하는 것이야말로 사업가의 본질이다. 그리고 미다스는 그쪽에 관심을 가지고 있었다.

"주식으로 가지고 오라는 것은, 그럴 만한 가치가 있다고 판단한다는 건데……."

"세라녹스 쪽도 그렇고 스페이스 라이프 쪽도 그렇고, 둘 다 쉬운 건 아니군요."

세라녹스는 이미 막대한 투자가 들어간 레드 오션이다.

그러니 추가 투자를 받을지 어떨지는 알 수가 없다.

"더군다나 세라녹스 쪽은 이미 상품 계약까지 마친 상태."

미국의 대표적인 의료 체인인 그린우드 쪽과 공급계약까지 마친 상태, 즉 완성이 얼마 남지 않았다는 의미다.

그 상황에서 굳이 추가로 투자를 받으려 할까?

"반대로 스페이스 라이프 쪽은 원래 주인이 너무 빵빵하군요."

노형진에는 미치지 못해도 세계적으로 보면 10위권 안에 들어가는 부자인 닉 마스의 기업이다.

거의 대부분의 투자금이 그의 재산이며, 외부 투자금은 극히 일부다.

그럴 만한 게, 본인 재산만으로도 충분할 정도로 닉 마스는 돈이 많으니까.

"하지만 어떻게 해서든 얻어야 합니다. 우리의 미래를 위해서는 말이지요."

신동성의 말에 이문소 역시 고개를 끄덕거렸다.

"우리의 미래가 이곳에 달려 있습니다."

다음 권으로 이어집니다